I0691069

8' Z
LE SENNE
8107

LA SOCIÉTÉ CIVILE

DANS SES RAPPORTS AVEC

LE CHRISTIANISME

———

AVENT 1867

PARIS, — IMPRIMERIE DE E. DONNAUD,

1, RUE CASSETTE, 1.

LA SOCIÉTÉ CIVILE

DANS SES RAPPORTS AVEC

LE CHRISTIANISME

COMPTE RENDU

DES

CONFÉRENCES DE NOTRE - DAME

PRÊCHÉES PAR

LE R. P. HYACINTHE

CARME DÉCHAUSSÉ

AVENT 1867

TROISIÈME ÉDITION

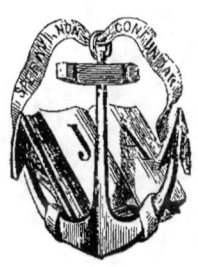

BIBLIOTHÈQUE NATIONALE · FONDS LE SENNE · N° 90 · IMPRIMÉS

PARIS

JOSEPH ALBANEL, LIBRAIRE

15, RUE DE TOURNON, 15

1868

Reproduction d'après *la Semaine religieuse.*

CONFÉRENCES DE NOTRE-DAME

PREMIÈRE CONFÉRENCE

— 1er DÉCEMBRE 1867. —

DE LA SOCIÉTÉ CIVILE DANS SES RAPPORTS AVEC LA SOCIÉTÉ DOMESTIQUE.

Voici l'exorde de cette première conférence :

Monseigneur [1], Messieurs,

En entrant, l'année précédente, dans l'étude des questions sociales au point de vue moral et religieux, nous avons distingué tout d'abord trois sociétés principales, nécessaires à des titres divers, mais également impérieux, à la parfaite organisation du genre humain sur la terre : la société domestique ou la famille ; la société civile ou l'État ; la société religieuse

---

1 MONSEIGNEUR L'ARCHEVÊQUE DE PARIS.
Assistaient aussi à cette conférence Mgr Caverot, évêque de Saint-Dié ; Mgr de Pompignac, évêque de Saint-Flour ; et Mr Buquet, évêque de Parium.

1

ou l'Eglise. — Nous avons parlé de la famille. Il y aurait fallu des années, nous y avons consacré six conférences; mais enfin nous avons parlé de la famille autant qu'il nous était donné de le faire.

L'ordre des matières m'amène donc à traiter cette année de la société civile ou de l'Etat.

Est-ce bien le moment, toutefois, de porter dans la chaire chrétienne un pareil sujet? Convient-il d'élever une voix, une voix de prêtre, qui doit rester toujours grave et calme, dans la mêlée des passions les plus ardentes, et, pour ainsi dire, sous la lueur des éclairs et dans le grondement de la foudre? Eh bien, messieurs, c'est là ce qui m'attire. Non pas sans doute que j'aime le danger; je me souviens de la parole de nos saints livres : « Celui qui cherche le péril y périra lui-même. [1] » Je n'aime pas le danger, mais je le traverse sans crainte quand il est placé entre le devoir et moi. Oui, c'est un devoir pour le ministre de l'Evangile, du moins dans cette enceinte; c'est un moment propice et solennel ; et parce que les hommes de l'erreur et les hommes de la haine ont parlé trop haut, et parce que les événements leur ont fait écho, c'est le moment de faire entendre, au-dessus, bien au-dessus des clameurs des partis, la voix désintéressée de la justice et de la vérité.

Puis, ce qui me rassure, messieurs, c'est vous d'abord; c'est cet auditoire dont la vue seule impose la

---

[1] *Ecclésiastique,* III, 27.

sagesse et la mesure; c'est l'éminent prélat qui vient
de me bénir; s'il faut dire toute ma pensée, c'est
moi-même. Soumis loyalement, respectueusement
au gouvernement de mon pays; étant bien résolu à
ne me rallier à aucun drapeau politique, si ce n'est à
celui qui pourrait rapprocher tous les citoyens honnêtes, le drapeau de l'extension pacifique de nos libertés et de leur conciliation nécessaire avec le principe d'autorité; le drapeau de l'élévation légitime
des classes les plus nombreuses et les plus souffrantes
de la société dans l'ordre matériel et plus encore
dans l'ordre moral : — si je cherche plus avant dans
mon cœur, j'y trouve, il est vrai, deux passions;
mais je peux les avouer devant vous. La première,
c'est la passion, oh! la passion ardente de la sainte
Eglise catholique, apostolique et romaine, qui est
notre mère, la mère de l'Europe et de l'Amérique, la
mère de la grande civilisation occidentale. Et puis, à
côté d'elle, avec elle et en elle, la passion de la
France, qui a toujours été et qui restera sa fille aînée.

Je suis donc à ma place sur le terrain des questions sociales dans leurs points de contact avec l'E-
vangile, avec la morale et la religion. J'y suis à ma
place parce que je suis prêtre et aussi parce que je
suis citoyen ; parce que je n'ai pas abdiqué pour la
patrie céleste les intérêts et les amours de la patrie
terrestre ; parce que je me souviens, monseigneur,
que ce qui fut la devise de votre vie entière a été, ces

jours derniers, une de vos inspirations les plus élo-
quentes à Sainte-Geneviève, dans cette fête que j'o-
serai nommer les épousailles de la science et de la
foi, et où vous avez salué au nom de l'une et de
l'autre « ces deux choses qui doivent dominer toute
vie humaine : le pays et la religion. » [1]

PREMIÈRE PARTIE. — **De l'origine et du but de la société civile par**
rapport à la société domestique.

Ayant à *définir* la société civile dans cette première conférence, le R. P. Hyacinthe a cru ne le pouvoir mieux faire qu'en
la comparant à la société domestique, qui la précède historiquement et logiquement dans le monde, et conséquemment
est une limite naturelle à ses droits. Il traitera donc successivement de l'*origine* et du *but* de la société civile par rapport à
la famille.

Iᵒ Tout d'abord, a-t-il dit, je me trouve en présence
d'une erreur immense qui nous a été léguée par les
anciens, par la philosophie et la jurisprudence de la
Grèce et de Rome. Elle consiste à confondre avec
l'ordre social en général, qui est essentiel à l'homme
ici-bas, la société civile, qui n'est qu'une forme particulière de l'ordre social ; et, pour entrer dans le
sujet qui nous occupe, elle suppose que la famille
n'existait pas avant la cité ; qu'elle a reçu de la société civile sa constitution, ses lois et son esprit ; que,

[1] *La Fête des écoles.*

par conséquent, la société civile a sur elle, sur l'intime et sur la substance de ses droits, un pouvoir
pour ainsi dire illimité.

Vous voyez qu'il s'agit tout d'abord d'une question d'origine entre les deux sociétés que nous com-
parons. Laquelle des deux est antérieure à l'autre?
Historiquement et logiquement, dans l'ordre des
idées et dans l'ordre des faits, laquelle est la racine
et laquelle est le fruit?

Malgré l'autorité des faux philosophes du dix-hui-
tième siècle et des faux politiques de la révolution
française, j'affirme que la société civile est relativement de date récente, et que la société domestique
l'a précédée, je ne dis pas de plusieurs années, mais
de plusieurs siècles.

J'interroge la Bible. Je l'ai déjà dit, je ne rougis
pas de la Bible; par suite de préventions antireli-
gieuses, on peut nier son inspiration; mais on ne
saurait contester son autorité historique. Je prends
la Bible, qu'un des penseurs les plus profonds de ce
siècle appelait *le livre humanitaire*, la Bible qui n'est
pas l'histoire d'une société politique ou d'une secte
religieuse, mais l'histoire de la grande humanité;
j'ouvre son premier livre, le livre des origines, la
Genèse. Point d'empires ou de républiques, point de
sociétés politiques, mais d'un bout à l'autre le souffle
libre, le souffle pur et fécond de la société domestique ! De la couche nuptiale d'Adam et d'Ève aux

tentes errantes d'Abraham, d'Isaac et de Jacob, partout la société domestique!

Mais cette page que je lis dans la Bible, voici que je peux la contempler de mes yeux, la toucher de mes mains, dans les faits contemporains. — La Providence est merveilleuse dans ses inventions. Elle a écrit l'histoire de notre globe et de ses transformations primitives aux entrailles mêmes de ce globe, et chaque jour, en le creusant, les géologues ressuscitent sous nos yeux les siècles inconnus qui n'ont pas mesuré la vie de l'homme. Mais elle n'a pas été moins ingénieuse pour le monde moral ; seulement, au lieu de reliques muettes et superposées dans la mort, ce sont des reliques vivantes qu'elle a gardées au sein du genre humain, et de la sorte les états successifs qu'a traversés notre race nous apparaissent simultanément au soleil de ce monde. — Je me transporte un instant avec vous sur ces hauts sommets du globe, sur ces plateaux de l'Asie centrale qu'on a si bien nommés le réservoir du genre humain. C'est le pays des grandes herbes, et de temps immémorial la demeure des peuples nomades. Voici l'un des spectacles les plus grandioses et les plus séduisants qu'il soit donné à l'homme de contempler. Rien n'égale la *steppe* ou tout au moins rien ne la surpasse, ni la mer avec son immensité monotone et majestueuse, ni la forêt vierge avec ses mystérieuses profondeurs, ni les montagnes avec leurs su-

blimes bondissements de la terre au ciel. Des plaines
sans fin, se couvrant au printemps d'une végétation
luxuriante et spontanée ; un océan de verdure et de
fleurs ondoyant de l'orient à l'occident, de l'occident à l'orient, sous le vent du mois de juin ; des
herbes gigantesques, filles de la nature et vierges
de toute sueur humaine, engloutissant dans leurs
touffes épaisses les caravanes de la solitude, les
hommes, les chevaux, les chameaux eux-mêmes, et
répandant au loin leurs parfums enivrants !... Pour
qui Dieu a-t-il fait ces régions heureuses ? Est-ce
pour ces sauvages qui, au dire de Rousseau et du
Contrat social, ont précédé partout l'établissement
des sociétés civiles ? Est-ce pour cet homme *simien*
que la fausse science de notre siècle nous montre
s'arrachant par des efforts séculaires aux étreintes
de l'animalité ? Pour moi, me disait un voyageur
éminent au retour de ces contrées lointaines, j'ai
vu là-bas beaucoup d'Abraham ! Et en effet, moins
la pureté de la religion primitive, qui s'est altérée
parmi eux, c'est un admirable reste de cette société
patriarcale dont la simplicité l'emporte en grandeur
et en beauté sur la complexe et savante organisation
de nos sociétés civiles. Ce sont des pasteurs nomades chez qui le commerce avec la nature a développé
un remarquable sens pratique et une intelligence
méditative ; ce sont des sociétés soutenues uniquement par la tradition et les vertus domestiques, chez

qui chaque père de famille commande dans l'autorité et dans la liberté...Salut, déserts sacrés, steppes
de la Tartarie qui avez versé tour à tour vos flots
réparateurs à l'orient vers la Chine, à l'occident vers
la Grèce et vers la Russie, peut être pour nous aussi
gardez-vous le secret de l'avenir... Ah ! si nous con-
tinuons à glisser sur cette pente fatale, si nous nous
en allons par la décadence à l'athéisme des doctrines, au matérialisme des mœurs, à la révolte contre
toute autorité digne de ce nom, à la servitude pour
tous les despotismes révolutionnaires ; si nos neveux
nous suivent dans ces bas fonds ; oh ! alors, steppes
de la Tartarie, vous nous enverrez nos suprêmes sau-
veurs ! Foulez-nous sous les pieds de vos cavales,
broyez-nous sous le fer de vos héros, et puis, vous
baptisant dans le dernier reste de notre christianisme, relevez-vous comme les Germains et les Huns
d'autrefois, et vous aurez arraché l'Europe à la corruption où l'entraînent les sophistes et les courtisanes, les tribuns et les tyrans !

Après avoir établi par la Bible, par l'histoire et la géogra-
phie contemporaine, la préexistence de la société domestique à la société civile, le R. P. Hyacinthe a prouvé que c'est
au contraire l'Etat qui a son origine et sa raison d'être dans
les besoins de la famille. Comme il en a déjà fait l'observation
il entend ici par *Etat* non pas seulement le pouvoir souverain
de la société civile, mais la nation tout entière en tant qu'elle
constitue cette société. A l'opposé de l'erreur du *Contrat social,*

qui donne la société civile comme une œuvre arbitraire de l'homme, se présente l'erreur de certains philosophes et théologiens qui la regardent comme de création directement et exceptionnellement divine. Cette erreur a pour principe une confusion entre l'organisation *surnaturelle* de l'ordre politique chez le peuple hébreu et l'organisation *naturelle* de ce même ordre chez le reste des peuples. Elle prédispose l'État à se substituer aux droits de la famille et à exercer sa suprématie jusque sur la vie privée.

J'en conviens, messieurs, a dit ici le P. Hyacinthe, plusieurs de nos philosophes et de nos théologiens ne se sont pas assez éloignés de cette doctrine. Faut-il le dire ? Bossuet est de ce nombre. Ah ! je ne suis pas de la race de ces insulteurs vulgaires qui croient se grandir en attaquant Bossuet ! Bossuet, le dernier chaînon de cette tradition auguste des Pères de l'Eglise ; Bossuet, cette gloire non pas de la France, mais du catholicisme tout entier ! Mais les plus fiers génies subissent par quelques points les entraînements de leurs temps. Bossuet venait après la ruine de ce moyen âge qui fut sous tant de rapports, bien qu'on le méconnaisse, une ère de liberté ; il vivait dans la splendeur de ces monarchies absolues qui se sont levées sur le monde moderne et qui semblaient avoir concentré en elles l'ordre social tout entier. C'est sous l'empire des préjugés de cette époque que le grand homme a pu enseigner que le droit de propriété vient du gouvernement, et « qu'en général tout droit doit venir de l'autorité

publique » 1. Mais poussé à ces dernières conséquences
et retourné par l'absolutisme démagogique contre
l'absolutisme royal, un tel principe justifierait les
attentats de la révolution française et les rêves cri-
minels du socialisme lui-même.

Non, le droit de propriété ne vient pas de l'Etat !
La terre, ce point d'appui de la famille, cette base du
foyer domestique, est possédée à un titre meilleur
que la concession de l'Etat ! Cela tient aux secrets
les plus profonds de la nature de l'homme, aux exigences les plus absolues de la personne intelligente
et libre ! Colon des âges primitifs ou des contrées
récemment découvertes, j'entre sur une terre qui
n'est pas occupée ; je la regarde dans sa beauté
vierge, peut-être dans sa laideur sauvage, n'importe !
je suis séduit. Je forme avec elle ce lien plein de
mystère qui unit la personne à la chose, et où l'intérêt, la raison, le cœur lui-même ont combiné leur
force. Ah ! quand j'ai fait cela, il n'y a pas de
puissance au monde, s'appelât-elle Louis XIV, qui
puisse se lever et me dire, comme le fit un jour ce
monarque : « Je suis le propriétaire, vous les usu-
fruitiers ! » Non, c'est moi qui suis propriétaire, tout
m'appartient ici, le fonds comme les fruits ; vous ne
pouvez pas m'arracher ce sol, vous ne pouvez pas
me le donner non plus. Mon droit, c'est l'acte

---

1 *Politique tirée des propres paroles de l'Écriture sainte*, livre Ier,
art. III, propos. IV.

même de ma volonté qui a dit à ce champ, à cette forêt : Sois à moi ; mon droit , c'est la borne que j'ai posée, la haie que j'ai plantée ; mon droit, c'est ma sueur, ce sont mes mains sanglantes, ce sont ces embrassements vigoureux dont mon amour et mon travail ont enlacé et fécondé la terre. Désormais c'est la terre de la personne humaine ! C'est mon affaire à moi, et à Dieu avec moi !

Sans doute, quand l'existence d'un pouvoir central et souverain est nécessaire au maintien de la justice et de la paix parmi les sociétés domestiques, jusque-là indépendantes les unes des autres, ce pouvoir est voulu de Dieu, législateur souverain, principe et fin de l'ordre, *non est enim potestas nisi a Deo* ; [1] et il n'est pas loisible aux divers chefs de famille de se refuser à son institution. Mais cette institution ne se fait pas directement par Dieu. Un exemple unique en est fourni par l'histoire : le peuple juif, si bien nommé le peuple du miracle. C'était un peuple que Dieu formait sur le Sinaï ; mais ce peuple était lui-même l'Église de Jésus-Christ en préparation. L'origine historique des sociétés civiles a considérablement varié selon les temps et les lieux, selon le génie des races et le concours des événements ; mais la raison profonde qui les a fait naître et les a maintenues, c'est le besoin ressenti par les familles d'une organisation nouvelle qui réglât et protégeât leurs droits. Cela se fit souvent par suite de la substitution de la vie sédentaire et agricole à la vie errante des pasteurs. Abraham et Loth, pasteurs nomades, peuvent se séparer sur la face de la terre ; les tribus issues de Jacob et mises en possession du sol par Josué ont besoin, pour vivre en paix, de juges et bientôt de rois. La guerre fut aussi un puissant moyen d'organisation pour les sociétés politiques ; le sang est le ciment primitif de la plupart d'entre elles, et comme l'a dit le poëte :

Le premier qui fut roi fut un soldat heureux.

[1] *Epître aux Romains*, XIII, 4.

Tantôt c'est le défenseur d'un groupe de famille contre des agressions étrangères, qui devient, après la victoire, l'organisateur d'une société ; tantôt c'est l'ennemi lui-même, conquérant d'abord, législateur ensuite.

2° Quoi qu'il en soit, du reste, de l'origine historique, nous possédons maintenant la notion philosophique de la société civile. C'est l'union d'un certain nombre de chefs de famille à cette fin que l'exercice mutuel de leurs droits soit réglé par un arbitrage commun et au besoin protégé par la force. Cette union suppose un accord, au moins implicite, entre les chefs de famille, mais qui ne ressemble en rien au *Contrat social*, puisqu'il est voulu par la Providence, exigé par la nature humaine parvenue à une certaine période de son développement, et enfin gouverné par les principes absolus de la justice.

Voyez sur le front du père, dans les cheveux du patriarche : c'est une triple couronne qui s'y entrelace, et si je l'osais dire, c'est la tiare dans l'ordre naturel ! Quand je regarde le pontife de l'Église catholique, le père du genre humain racheté — nommons-le par son nom, il est si doux, ce nom, et il grandit en gloire en même temps qu'en épreuves ; — quand je regarde Pie IX, j'aperçois à son front majestueux et doux trois couronnes qu'on ne peut disjoindre... Dans les temps primitifs, alors qu'il n'existait pas de pape universel, le pontife de chaque foyer portait ces trois couronnes ; il était père,

roi et prêtre. Oh! qu'elle est aimable en même temps
qu'auguste, ta couronne de père! je voudrais la
baiser de mes lèvres tremblantes! Tu es père, ô vieux
patriarche à cheveux blancs, ramassant sur tes ge-
noux et dans ton sein les enfants mêlés de trois générations! Tu es père, ô fils de l'homme, monté au
dernier terme de la grandeur naturelle d'une personne humaine ; tes entrailles on été fécondes, ton
cœur a contenu tous les amours d'ici-bas, ton front
est celui qui recueille le plus tendre respect, ta voix,
celle qui inspire la plus complète obéissance après
Dieu ! Tu es père, mais tu es prêtre aussi ; il n'y a
pas encore de Jésus-Christ au monde, avec son sacerdoce, avec ses évêques et ses prêtres, tu es le seul au
sanctuaire de la famille, à tenir toutes les consciences dans tes mains, à unir toutes les prières dans ta
prière, à offrir tous les cœurs dans ton cœur ! Tu es
prêtre, et tu es roi enfin ! C'est à toi d'étendre le
sceptre de la justice pour régler et protéger tous les
droits, à toi de tirer le glaive de la force pour les
défendre et les venger, comme Abraham, simple
chef de famille, usant du droit de guerre qui lui ap-
partenait, délivrait la famille de son neveu des mains
de ses ennemis...

Eh bien, ce sont ces deux couronnes du prêtre et
du roi qui ont déserté la tête du père de famille. La
couronne sacerdotale a passé, en partie du moins, à
la hiérarchie catholique, dans la constitution de la
société religieuse ; le diadème royal a passé tout en-

tier aux chefs de l'Etat, dans l'organisation de la
société civile. A cette société, quelle qu'en soit la
forme, république ou empire, appartiennent maintenant le sceptre et le glaive ! Mais le père de famille a gardé tous ses droits, à l'exception de celui-
là même qui consiste à régler et à défendre tous les
autres et qui constitue le pouvoir souverain.

L'un des penseurs les plus pénétrants et les plus
exacts de notre époque, que je veux nommer parce
que je lui dois beaucoup dans mes études, l'illustre
abbé Rosmini-Serbati, véritable italien, celui-là,
jusqu'à la moelle des os, et catholique en même
temps jusqu'aux fibres du cœur ; Rosmini-Serbati
m'a conduit à la meilleure notion de la société civile.
Cette société, selon lui, n'a pas pour objet, comme
la famille dans l'ordre naturel ou comme l'Église dans
l'ordre surnaturel, la *substance* des droits, mais simplement leur *modalité*. Elle n'a pas à créer des droits.
La personne humaine existe avant elle, avec les droits
essentiels et inaliénables qu'elle tient directement
de Dieu par la raison et la liberté morale. La famille
existe aussi avec les droits également essentiels, également inaliénables qu'exerce dans son sein la personne humaine élevée à la plénitude de sa dignité et
de sa félicité. L'État n'a point à créer ces droits qui le
précèdent et qui viennent, j'ose le dire, de plus haut
que lui ; il n'a pas non plus à les détruire, pas même
à les diminuer. Toute sa mission s'étend à les protéger et à faire régner sur eux ce que les Anglais nom-

ment dans leur beau langage *la paix de la reine*, et ce que saint Paul veut que nous demandions quand nous prions pour les rois et pour tous ceux qui sont constitués en puissance : la liberté de la vie privée dans la justice et la tranquillité, *ut quietam et tranquillam vitam agamus in omni pietate et castitate.*[1] La mission de l'État consiste donc à statuer sur la *modalité* des droits, c'est-à-dire à régler la meilleure manière dont les droits réciproques des individus et des familles doivent s'exercer pour ne pas se nuire, pour se favoriser au contraire les uns les autres dans leur commun développement. Elle consiste encore à protéger par la force ces droits et les intérêts qui s'y rattachent contre toute atteinte injuste et violente, qu'elle vienne du dedans ou du dehors. Telles sont les frontières naturelles de la société civile et de la société domestique, de la famille et de l'État, frontières bien autrement importantes pour la paix et la liberté du monde que celles des Pyrénées, des Alpes ou du Rhin !

Je m'arrête à ces frontières, et je salue ce sceptre qui ne commande que la justice, qui n'engendre que la paix, qui n'opprime rien et qui délivre tout. Je salue ce glaive dont saint Paul a dit que le prince ne le porte pas sans raison, *non enim sine causâ gladium portat.*[2] Après la justice, je ne sais rien de plus sacré que la force, quand la force n'est pas l'assassin du droit, mais son soldat !

[1] 1re *Epître à Timothée*, II, 2.
[2] *Epître aux Rom.*, XIII, 4.

DEUXIÈME PARTIE. — Des droits mutuels de la société domestique et de la société civile par rapport au contrat de mariage, à l'éducation et au testament.

Le R. P. Hyacinthe se propose, dans cette deuxième partie, de considérer les trois principales fonctions de la vie domestique dans leur rapport avec la société civile. *Naître, aimer* et *mourir* sont les trois instants de la vie individuelle ; et en renversant ces termes dans l'ordre social de la famille, où l'amour est la base, on a le contrat des époux, l'éducation des enfants, le testament des vieillards.

1° *Le contrat des époux.* — Le R. P. Hyacinthe a prévenu qu'il n'entendait pas envisager cette fois le contrat matrimonial au point de vue directement chrétien et dans l'ordre surnaturel, où il reçoit la dignité de sacrement ; qu'il le considérait ici d'une manière plus générale, et partout où il existe, comme l'acte fondamental de la société domestique. C'est donc en face de la famille et non en face de l'Eglise qu'il va placer l'Etat.

Après avoir fait remarquer que l'Etat envahit le domaine de la liberté individuelle quand il impose le mariage, comme Auguste dans une loi célèbre, ou quand il l'interdit, comme certains Etats de l'Allemagne contemporaine, l'orateur aborde directement la question du pouvoir de l'Etat sur le contrat considéré en lui-même. Ce pouvoir n'atteint pas la *substance* du contrat, mais uniquement les solennités civiles qui l'accompagnent, les effets civils qui le suivent, et sur lesquels il appartient à la puissance civile de statuer ; c'est la *modalité* du droit. C'est donc improprement que l'on se sert du terme *mariage civil*, et le pape Pie VI avait raison d'affirmer dans un bref que « le mariage est un contrat naturel, institué et confirmé antérieurement à toute société civile. » Ce n'est donc pas seulement la sainteté du sacrement que l'Église a défendue avec tant d'énergie, dans tous les siècles, contre les attaques des puissances séculières ; c'est encore l'intégrité des droits de la famille.

C'est pourquoi, s'est écrié ici le R. P. Hyacinthe, je te bénis ô mon Église ! Église catholique, Église du moyen âge et des grands pontifes, de Grégoire VII et d'Innocent III ! Tu ne combattais pas seulement pour la sainteté de ton sacrement, tu défendais encore la liberté de nos consciences, la pureté de nos mœurs, la paix et la dignité de nos foyers !... Elle défendait la famille, et parce que l'âme de la famille est pour ainsi dire concentrée dans la femme, trésor sans prix dans un vase fragile, c'est surtout sur la femme qu'elle étendait sa protection ! La femme, avec qui l'Église a de si touchantes et sublimes affinités, et dont on essayerait en vain de l'isoler ; la femme, dont on invoque toujours la liberté quand on aspire à l'opprimer ou à la corrompre, l'Église la défendait contre les violences des puissants de cette époque, comme elle la défend aujourd'hui contre la barbarie des sophistes ! Elle la couvrait du bouclier de sa colère, que les prophètes nomment si bien la colère de la colombe et la fureur de l'agneau, *ab ira agni,* [1] *a facie iræ columbæ* ; [2] et étendant sur elle sa main désarmée, mais redoutable, elle disait au prince atterré dans son orgueil et dans sa volupté :

Cette femme est à Dieu, tu n'y toucheras pas ! [3].

2° *L'Education des enfants.* — Le P. Hyacinthe rappelle qu'il a montré l'année précédente comment l'éducation étant le complément ou plutôt l'élément supérieur de la paternité, le soin en appartient, de droit naturel, aux parents. L'Etat, sans doute, a le droit de surveiller l'instruction et d'empêcher qu'il ne s'y glisse rien de contraire à la morale et à la paix publiques,

---

[1] *Apocalypsis,* VI, 16.
[2] *Jérémie,* XXV, 38.
[3] M. LEGOUVÉ, *les Deux Reines*

mais il ne peut imposer aux familles un système d'éducation, l'obligation de l'école et du maître.

L'enfant est la propriété de ses parents. Je connais les préjugés de mes contemporains ; mais je n'en affirme pas moins, dans une certaine mesure, un droit de propriété de l'homme sur l'homme, et ce droit ne saurait se réaliser d'une manière plus légitime et plus noble que du père à l'enfant. Sans doute la *personne* humaine est essentiellement libre et souveraine ; elle s'appartient à elle-même sous le haut domaine de Dieu ; mais il n'en est pas de même de la *nature*, et une fois réservés les droits de la personne, on peut et on doit dire que la nature du fils appartient au père. Cette chair est sa chair, ces os sont ses os ; le souffle qui les pénètre s'est détaché de sa poitrine ; la flamme qui les fait vivre s'est allumée à son foyer ; et comme on disait en Israël, c'est son *étincelle*, c'est *sa lampe* qui doit briller après sa mort et perpétuer son nom et sa gloire au milieu de son peuple. Le père est donc bien le propriétaire de cette nature sacrée, et seul il a le droit de lui imprimer l'impulsion suprême vers l'avenir. Par conséquent l'école, sanctuaire de l'éducation, a son lieu propre sous le toit paternel ou du moins près de lui.

Nous sommes fiers de la France, et nous avons raison ; mais nous ne devons pas dédaigner les pays étrangers. Il est des pays de l'Europe qui nous valent sous bien des rapports et peuvent nous servir de modèles. Laissez-moi donc vous citer un exemple touchant

de l'instruction primaire telle qu'elle est donnée au
foyer de la famille dans certaines parties de la Nor-
wége. Dans ces contrées montagneuses, d'une beauté
si mélancolique et si douce, mais d'un climat si rude
dans la saison des froids, l'été est consacré à la culture des champs, l'hiver à la famille. Elle se recueille
alors autour du foyer, lieu central de la lumière et
de la chaleur non-seulement pour le corps, mais pour
l'âme; et c'est là que l'on s'occupe de l'éducation
des enfants. Les vieux parents y président; la mère,
les sœurs aînées sont les institutrices, et elles s'ad-
joignent d'ordinaire un instituteur ambulant, pèlerin
des foyers, qui s'en va à travers les neiges avec son
bagage de science chrétienne, d'histoire et de poésies
nationales. A côté de l'instituteur et parfois à sa place
vide s'assied le ministre de la religion, un ministre
protestant, je le sais, mais d'ordinaire un homme qui
a conservé la sève du christianisme avec la foi en
Jésus-Christ et la morale de l'Evangile. A cette école
du foyer se forment chaque jour des générations dont
le sentiment religieux et le sentiment patriotique sont
autrement vivaces et autrement unis que chez nous !

L'école au sein de la famille n'est pourtant pas la règle;
mais, si elle se détache du foyer domestique, elle n'en doit pas
moins demeurer sous sa dépendance. C'est la loi de la nature
qui subordonne l'instituteur aux parents. Il est l'auxiliaire, non
le rival du père et de la mère; le continuateur, non le destructeur de leur œuvre.

L'intérêt public, ce principe païen si souvent in-

voqué contre le droit individuel et domestique, ne
saurait donner à l'Etat une puissance qu'il n'a pas
sur l'éducation. A Sparte, la république s'attribuait
le droit d'élever les enfants, parce qu'elle les regardait comme sa propriété; et ce principe était plus ou
moins celui de toute l'antiquité grecque et romaine [1]. La démocratie contemporaine semble vouloir le renouveler parmi nous. Elle a mis au premier rang de son programme l'instruction obligatoire, obligatoire non-seulement quant à l'instruction
— ce qui serait déjà trop, — mais quant à l'école et
quant aux maîtres : on n'en peut douter en présence
de son hostilité systématique à la liberté de l'enseignement en général, et de l'enseignement religieux
en particulier. Elle entend délivrer les générations
nouvelles des influences de la famille, obstacle principal à ses vues et à ce qu'on nomme chez elle le
progrès; elle entend substituer au moule usé de l'é-
ducation domestique le moule puissant de l'éducation
nationale, et soustraire l'école à la famille, pour la
donner exclusivement à l'État.

Voilà la liberté qu'on nous prépare! Voilà la démocratie qu'on nous vante! Et l'on ose après cela,
invoquer le suffrage universel! Ah! je respecte
l'urne de la France, mais je respecte encore plus ses
foyers. Laissez son urne libre, laissez ses foyers souverains! La véritable éducation nationale est la ré-

---

[1] Le grand principe de Lycurgue, et Aristote le répète en termes
formels, était que, comme les enfants sont à l'Etat, il faut qu'ils soient
élevés par l'Etat et selon les vues de l'Etat. (ROLLIN, *Hist. ancienne.*)

sultante harmonieuse et libre de toutes les éducations domestiques ! C'est la véritable opinion publique, c'est la grande âme d'un peuple qui monte à la fois de tous ses foyers ! Si puissant et si éclairé que soit le gouvernement d'une nation, il n'a ni la mission ni le droit de former cette nation à son image et à sa ressemblance, et de la couler dans le moule fabriqué par lui ; il faut qu'il la reçoive telle qu'elle se fait elle-même, telle qu'elle lui vient avec chacune des générations qui s'élèvent du sein de la famille, telle qu'elle se moule dans la raison des pères, dans le cœur des mères, dans la discipline des instituteurs du choix du père et de la mère, instituteurs privés ou instituteurs publics, laïques ou religieux, peu m'importe, pourvu qu'ils soient du choix des parents, et par conséquent les hommes de la famille et du christianisme.

3° *Le testament.* — L'acte suprême de la puissance et de la prévoyance paternelles n'est pas dans l'éducation, mais dans le testament. Le droit de tester, l'un des plus sublimes de la personne humaine, est plus sublime encore dans la personne du père. En tout homme il est une grande affirmation de l'*immortalité de l'âme*; dans le père, il est de plus le principe de l'*immortalité de la famille*, et, par une conséquence trop méconnue, le principe de l'*immortalité de la nation*. Ici encore, la société civile a l'obligation de régler les formes et de protéger les effets de cet acte ; mais elle ne peut toucher au droit lui-même et ravir au père de famille la liberté de tester.

Le plus grand philosophe de l'Allemagne, aussi grand par le cœur que par le génie, Leibnitz a vu dans le testament une affirmation souveraine de

l'immortalité de l'âme. Le testament, en effet, n'est
point un contrat, ou, comme quelques-uns l'ont appelé dans un langage barbare, un *quasi-contrat* entre
un vivant et d'autres vivants; il est la volonté d'un
mort. « Le testament, dit saint Paul, et toutes les
législations parlent comme lui; le testament n'est
affermi que dans la mort, *testamentum enim in mor-
tuis confirmatum est;* il reste sans valeur tant que le
testateur est vivant. [1] » C'est alors que l'ancêtre se
dressant pour ainsi dire du sein de son tombeau, plus
éclairé et plus puissant dans la mort qu'il n'était
dans la vie, trace à sa descendance la voie qu'elle
doit suivre, et promulgue la législation de l'avenir.
En vain, a-t-on prétendu qu'avec la vie présente pé-
rissent tous les droits : c'est la volonté d'un mort
imposant des devoirs aux vivants; c'est une relation,
je ne dirai pas morale, ce serait trop peu dire, c'est
une relation juridique se formant des deux côtés
de la tombe, et créant un des liens de cette société universelle que Leibnitz nommait *la république
des âmes.* — Ce n'est pas une chimère, ô sage alle-
mand, que ta république des âmes; c'est une
vérité, et nous y reviendrons!

Comment donc Robespierre, ce grand ennemi
de la famille et du testament, pouvait-il dire devant la Constituante, qui ne l'écouta pas — la
Convention devait l'écouter plus tard, — comment
pouvait-il dire : « L'homme peut-il disposer de cette

[1] *Épître aux Hébr.*, IX, 47.

.erre qu'il a cultivée, lorsqu'il est lui-même réduit
en poussière ? » . . . Vous vous trompiez, Robespierre, vous mentiez à vos plus nobles instincts!
N'est-ce donc pas vous-même, quelques années
après, à la vue de cet athéisme révolutionnaire
qui montait dès lors et qui déborde aujourd'hui,
effrayé du fruit de vos entrailles, tribun sanguinaire,
mais grand à cette heure ; n'est-ce donc pas vous-
même qui invoquiez Dieu et l'âme immortelle
comme le suprême salut de ce peuple en démence ?

La liberté de tester, dans le père de famille, est encore le
principe efficace de l'*immortalité de la famille*.

La famille n'est pas cette fondation de quelques
années à peine, qui s'édifie sur le contrat des
époux et se ruine par l'émancipation des enfants.
C'est une institution qui doit traverser les siècles,
comme les Etats eux-mêmes, dont elle est la base la
plus solide. Dans un savant et éloquent plaidoyer
en faveur d'une sage extension de la liberté de tester,
un magistrat éminent, assis aujourd'hui dans le
conseil du souverain, nous montre cette institution « morcelée dans son patrimoine, affaiblie dans
son autorité, et arrivée à une période de décrois-
sance qui la compromet comme force sociale [1]. »
La blessure mortelle faite à la famille par Robespierre et la Convention, le génie du premier consul
ne l'a qu'imparfaitement guérie. Le seul remède

[1] *De la faculté de tester dans ses relations avec la puissance paternelle* (Discours prononcé par M. Pinard, procureur général, page 58.)

efficace est de remettre entre les mains du père
la plénitude de pouvoir nécessaire pour réprimer le mal et promouvoir le bien, au sein de la
société qu'il gouverne. Au fils qui a déshonoré son
nom et corrompu son sang dans le vice, il faut
que la justice paternelle, pleine de miséricorde,
puisse infliger un châtiment salutaire à tous, au
coupable qu'il amendera peut-être, au reste de la
famille qu'il protégera contre lui. A cette famille
elle-même il faut qu'il puisse transmettre les éléments de prospérité et de durée, qui lui manquent
trop aujourd'hui.

La famille forme avec la terre, qui la porte et
la nourrit, des liens qui ne doivent pas se rom-
pre à chaque génération ; la terre de la famille est
une *terre sainte* comme celle que Dieu promit à la
descendance des patriarches, et le foyer domestique,
qui en est le point central, a toute la dignité
d'un sanctuaire. Cette terre sera-t-elle morcelée ?
Les œuvres qui s'y rattachent, dans l'agriculture ou
dans l'industrie, seront-elles anéanties ? Ce foyer
sera-t-il livré à des étrangers? Ces meubles, tout
remplis du souvenir des vieux parents, seront-ils
vendus à l'encan ?... Ah ! messieurs, rendons au
foyer domestique ce culte, dont l'honorent les
peuples vertueux et libres ! J'en sais un qui a vaincu
les siècles, comme le peuple hébreu, et dont nous
possédons un lambeau glorieux. Aussi libres sous
le toit paternel que respectueux pour l'autorité pu-

blique, les Basques ont inscrit dans leurs *fueros*, de l'autre côté des Pyrénées, cette magnifique coutume : « Aucune force publique ne peut s'approcher du domicile d'un Biscayen à plus de neuf pas de distance ! »

. . . .

Le dernier des trois grands patriarches, Jacob, allait mourir. Ses yeux s'étaient obscurcis dans la vieillesse, et il ne voyait plus! Mais quand on lui dit : Voici tes fils qui viennent, le vieillard recueillit ses forces; il s'agenouilla sur sa couche et adora au chevet de son lit, *adoravit Israël Deum, conversus ad lectuli caput.*[1] Puis, quand il eut prié, rajeuni dans ce commerce avec Jéhovah, le Dieu vivant et fort, il s'assit sur son lit, reposa les pieds sur le sol, et prenant les plus aimés dans ses bras, il embrassait Ephraïm et Manassé avant de les bénir. Prenez garde, messieurs, ce n'est point ici le droit d'aînesse; c'est la liberté de tester ! Dans l'expérience de sa vie entière, condensée pour cet acte suprême, dans la lumière prophétique qui l'éclaire et dont un rayon affaibli rejaillira plus tard sur les pères chrétiens, Jacob voit l'avenir de chacun de ses enfants, et prend les mesures que réclame la prospérité de sa race. A travers les nuages qui couvrent ses yeux, de ce regard de l'âme qui perce tous les voiles, il fixe son aîné : « Ruben, mon premier-né, s'écrie-t-il, tu devais être ma force, tu as été le commencement de mes douleurs!.. tu t'es débordé comme

---

[1] *Genèse,* XLVII, 31.

l'eau, *effusus es sicut aqua;* tu ne croîtras point, *non crescas!* Tu as souillé la maison de ton père, tu n'y peux plus garder l'empire !....[1]

« Mais, toi, Juda, tes frères te loueront, les fils de ton père s'inclineront devant toi !.. Juda, que tes yeux sont beaux ! ils brillent comme le vin dans la coupe ! tes dents sont plus blanches que le lait ! Lie ton poulain à la vigne, ô mon fils, attache ton âne au cep de la vendange : tu tremperas ta robe dans le vin, tu laveras ton manteau dans le sang des raisins ! »[2] Spectacle imposant dans sa simplicité ! Ils étaient là douze hommes prosternés en pleurant aux pieds d'un mourant, douze Hébreux étrangers snr la terre d'Egypte ; et l'autorité paternelle, exercée dans la liberté du testament, consacrée par la foi religieuse, créait un peuple immense, à l'existence duquel étaient attachées toutes les destinées du genre humain, une race indestructible, qui ne s'est détachée de son sol, sous le poids d'invasions formidables et répétées, que pour remplir le monde du miracle de son immortalité !

Le R. P. Hyacinthe a parlé, en terminant, de cette *immortalité des nations* qui a sa raison d'être dans l'immortalité des familles.

Loin qu'il y ait antagonisme entre l'esprit domestique et l'esprit national, comme l'ont cru les théoriciens et les légistes de la révolution, ces deux

[1] *Genèse,* XLIX, 4.
[2] *Ibid.,* 11, 12.

esprits se développent et se fortifient l'un par l'autre.
Un peuple n'est pas une réunion d'individus, mais
une réunion de familles. Un peuple d'individus,
c'est le cadavre d'un peuple, cadavre enseveli sous
le poids du despotisme centralisateur ou galvanisé
dans les soubresauts de l'anarchie! Le contre-poids
nécessaire et providentiel au despotisme et à l'anarchie se trouve dans la famille, élément tout ensemble
si conservateur et si libéral, principe d'ordre et d'indépendance à la fois.

N'opposons donc plus l'Etat à la famille, ni sur le
terrain du mariage, ni sur celui de l'éducation ou du
testament; et puisque le besoin des réformes sociales se fait sentir plus vivement que jamais à l'heure
où je parle, sachons comprendre enfin cette grande
vérité trop méconnue jusqu'ici : les réformes urgen-
tes et décisives sont les réformes de la vie domestique; les réformes politiques n'ont que le second rang.

Publicistes et législateurs de mon pays, portez donc
votre attention sur ces questions, moins faites, il
est vrai, pour passionner les esprits, mais dont la
solution serait plus efficace pour la régénération de
nos caractères et des mœurs publiques! Cherchez
quels sont les moyens à employer, pour rendre à
la vie privée la liberté qu'elle ne possède pas assez;
pour restaurer dans la société domestique l'esprit et
les traditions qui faisaient sa vigueur! Voyez surtout par quelles voies et dans quelle mesure l'autorité du chef de la famille devra être agrandie! Jetez

les yeux aussi sur les affreux ravages, que la corruption exerce parmi les femmes!... Ah ! pardonnez
ce cri, que m'arrache l'ignominie des filles de mon
peuple, des filles d'Israël et de la France chrétienne !... A nos portes, en Angleterre et en Prusse,
pour ne rien dire des autres pays, il y a des lois sé-
vères et efficaces contre la séduction. N'avez-vous
rien à faire pour garder à nos filles, surtout aux
filles du peuple, aux ouvrières des ateliers et des
usines, la première, la plus sainte de toutes les libertés, la liberté d'être chastes ? Ce que vous blâmez
par les lois, ne l'approuvez pas dans les livres ou
sur les théâtres : luttez contre l'immoralité, sous
toutes les formes qu'elle revêt pour nous perdre !
J'irai jusqu'au bout : luttez contre le mal au sein de
votre propre famille !... Eh quoi ! vous voulez être
les législateurs des nations ; vous voulez enseigner
à la France d'abord, à l'Occident ensuite, par quels
élans on s'élève aux sommets du progrès et de la
civilisation ! Commencez donc, législateurs des peuples, par observer les lois de la famille, les lois qui
font les époux vertueux, les pères respectés et obéis !
Tite-Live et Sénèque appellent le père de famille un
magistrat domestique, *magistratus domesticus*. O magistrats domestiques, réprimez vos propres passions,
gouvernez vos propres foyers, et vous serez dignes
alors d'être les magistrats de l'empire et de la
cité !

DEUXIÈME CONFÉRENCE.

— 8 DÉCEMBRE 1867. —

———

DE LA SOUVERAINETÉ.

———

Voici l'exorde de cette conférence :

Messieurs,

J'aborde aujourd'hui la question de la souveraineté dans les sociétés civiles, question grave et dé-
licate entre toutes. Aussi, je l'avoue, ce n'est pas
sans quelque crainte que je pose le pied sur ce terrain. Sans doute l'Église catholique a des enseignements anciens et authentiques sur cette importante
partie de la morale : de tout temps elle a enseigné
aux peuples leurs devoirs envers les souverains, aux
souverains leurs devoirs envers les peuples, et je n'ai
point à innover ici. Mais suis-je bien assuré, moi
infirme, de reproduire les doctrines de l'Eglise
avec toute la précision et tout le tact qui seraient
nécessaires ?..... Je m'encourage, comme je l'ai
lait déjà, en comptant sur vous, messieurs, et par-

dessus tout sur Dieu! Il me fera la grâce de ne
point glisser sur ces pentes le long desquelles on
trouve avec les passions humaines les partis politiques, et de ne toucher à ces questions redoutables
que par les sommets qu'elles élèvent vers la région
paisible, lumineuse des idées et des devoirs. C'est
là, s'il plaît à Dieu, que nous demeurerons ensemble
pour parler de la souveraineté dans l'ordre politique.

J'écarte tout d'abord la fameuse question de l'origine populaire de la souveraineté. En affirmant,
comme on l'a fait, d'une manière générale, que la
source naturelle et nécessaire de toute autorité civile
est dans le peuple, et que par conséquent il ne saurait y avoir de personne individuelle ou collective
qui possède légitimement le pouvoir sans le tenir
originairement de la nation, on me paraît, pour le
moins, avoir mal posé la question. Un peuple n'est
pas un peuple avant d'être constitué sous un gouvernement quelconque, et par conséquent il est encore sans droits politiques. Je vois une multitude
sans organisation, ou plutôt des sociétés domestiques
juxtaposées et indépendantes ; je ne vois pas de société civile. C'est ce qu'exprime parfaitement l'axiome
antique : *Tolle unum, turba est ; adde unum, populus
est.* L'existence d'un gouvernement dans la société
civile n'est pas subséquente à l'existence de cette
société même : ce sont deux faits simultanés et in-
séparables ; et par conséquent le peuple ne saurait

être la racine du pouvoir, puisqu'il n'est peuple que par l'adjonction du pouvoir. Le pouvoir et le peuple sont des frères jumeaux : ils viennent ensemble de Dieu, principe de tout ordre et de tout droit, et ensemble ils retournent à lui.

A la question de l'origine de la souveraineté je substituerai celle du sujet de la souveraineté, et je la compléterai par celle de son exercice. Ce sera plus pratique, et en même temps plus logique et plus vrai.

PREMIÈRE PARTIE. — Du sujet de la souveraineté.

I. Le sujet primitif et absolu de la souveraineté est Dieu même. En posant cette affirmation, le R. P. Hyacinthe ne fait que tirer la conséquence de l'enseignement des trois années précédentes convergeant tout entier vers l'existence et la souveraineté du Dieu personnel et vivant.

Dans ce jour d'étonnement profond où pour la première fois je me vis appelé à monter dans cette chaire, je m'écriai comme Moïse : « Qui suis-je pour parler aux enfants d'Israël[1]? » Et j'entendis au fond de moi la réponse de Dieu, avec cette oreille dont toute âme attentive la peut entendre ici-bas : « Tu leur diras : Celui qui est m'a envoyé vers vous, *qui est misit me ad vos*[2]. » Alors je suis venu, dans ma faiblesse et dans ma force, vous parler du Dieu

[1] *Exode.* III. 14.
[2] *Ibid*, 14.

d'Abraham, d'Isaac et de Jacob, du Dieu personnel et vivant! J'ai interrogé la raison avant de faire parler la révélation, la vôtre aussi bien que la mienne, et du fond de la pensée humaine quelqu'un a répondu : « Je suis celui qui suis[1]! » C'était la souveraineté de Dieu dans le monde des idées. Un an après, nous descendions ensemble dans les ténèbres et dans les clartés de la conscience humaine, et nous y cherchions le secret de l'ordre moral. La conscience parlait comme la raison ; elle affirmait la nécessité de la morale religieuse et la souveraineté du Dieu des vertus. Nous avancions toujours, nous pénétrions dans le premier cycle social, et c'était la famille. Or ici encore, dans le commandement du père, dans la tendresse et la sollicitude de la mère, dans toute cette belle et forte organisation du foyer domestique, nous rencontrions le royaume de Dieu !

Aujourd'hui, en présence des problèmes de l'ordre politique, je n'ai pas d'autre réponse ; je suis semblable à moi-même et à vous, et je dis : C'est Dieu, c'est toujours Dieu ! Le véritable roi comme le premier père, le suprême seigneur des sociétés civiles comme des sociétés domestiques, c'est Dieu ! C'est lui qui est la seule majesté réelle, et qui couvre d'un reflet de sa splendeur toutes les majestés d'emprunt : « ... *Dominus rex noster ante sæcula... Sedebit Dominus rex in æternum;* Jéhovah est notre roi pour

---

[1] *Exode.*

l'éternité [1] ! » De la première à la dernière page, c'est l'histoire de son règne que la Bible raconte, et saint Jean l'a résumée dans cette vision majestueuse de l'Apocalypse, où il a vu le Fils de Dieu, le *Logos* du Père, la raison et la justice éternelles, venant établir son empire ici-bas, assis sur un cheval de guerre, vêtu d'une robe tachée de sang, portant écrit sur sa cuisse : « Le Roi des rois et le Seigneur des seigneurs, *Rex Regum et Dominus Dominantium* [2] ! »

J'entends que l'on me dit : C'est la théocratie !

Je n'ai point peur des mots, et j'ai déjà dit ma pensée sur celui-ci ; mais puisqu'il soulève autour de nous tant de malédictions et de haines, j'y reviendrai encore. J'ouvre le dictionnaire de la langue française, et à côté celui de la langue primitive de la civilisation occidentale, le grec ; j'y cherche le mot exécré, et je trouve : Pouvoir de Dieu. La théocratie est donc le pouvoir ayant sa source en Dieu et n'étant exercé qu'au nom de Dieu. Mais c'est précisément ce royaume de Dieu que j'ai rencontré partout sur mes pas ! Souveraineté de l'idée de l'Être dans le monde des idées, souveraineté de la loi morale dans le monde des consciences, souveraineté de l'autorité paternelle au foyer des familles, j'ai rencontré partout la théocratie ! Comment l'éviterais-je dans les sociétés politiques ? Comment ici encore Dieu n'au-

---

[1] *Isaïe*, XXXIII. 22. *Psaumes*, LXXIII. 12 et XXVIII. 10.
[2] *Apoc.* XIX. 16.

3

rait-il pas la gloire de régner seul sur l'homme, et l'homme celle de n'obéir qu'à Dieu?

Oui, la théocratie! et ce n'est pas ma faute si l'on entend ce mot dans un sens pervers auquel répugnent à la fois l'étymologie et l'histoire! Ce n'est pas ma faute si l'on nous reproche chaque jour, sous ce nom de théocratie, ce que nous avons combattu et vaincu dans le monde : la confusion entre les mêmes mains du pouvoir politique et du pouvoir religieux, venus tous deux d'en haut, mais diversement et séparément! Nulle part, au soleil du monde catholique, je ne trouve cette redoutable confusion ; et si vous appelez mes regards vers Rome, ce n'est pas la confusion, c'est l'alliance exceptionnelle des deux pouvoirs qu'ils saluent dans ce lieu exceptionnel lui-même comme le miracle. Alliance bienfaisante, nœud de la liberté des consciences, et qu'on ne peut disjoindre, parce qu'il unit là ce qu'il faut séparer ailleurs, jamais votre nécessité n'a paru avec plus d'éclat qu'à cette heure! Vous aviez déjà reçu le témoignage du sang français versé par ceux qu'on a nommés des mercenaires, et qui étaient tout simplement des héros! Vous êtes défendus maintenant par la parole éloquente et vraiment nationale de nos orateurs, par les déclarations énergiques et loyales de notre gouvernement!

II. Après avoir établi l'existence de la théocratie dans ce sens élevé et universel qui est celui de la Bible, le R. P. Hyacinthe a remarqué que la souveraineté de Dieu ne s'exerce pas d'une manière immédiate et directe dans l'ordre politique. Cela s'est fait, il est vrai, chez les Israélites, où Dieu avait voulu conserver pendant un certain temps, non-seulement le droit primitif, mais l'exercice même de la souveraineté. Faisant à la fois les fonctions de capitaine, de législateur et de juge, il marchait avec l'arche à la tête des armées, il répondait sur le propitiatoire aux doutes de la conscience politique comme à ceux de la conscience religieuse. Mais tout cela n'était qu'une image sensible, et l'on pourrait même dire, avec Origène, grossière en certains cas, de la souveraineté qu'il devait exercer plus tard sur les nations chrétiennes par leurs princes et leurs législateurs : *per me reges regnant, et legum conditores justa decernunt* [1]. Dieu n'agit point d'ordinaire par la voie des miracles ; et d'ailleurs il ne serait pas digne de lui de s'abaisser d'une manière constante au gouvernement des Etats. Mais ceux qui y président en son nom ne sont que les dépositaires de sa souveraineté, et, comme les appelle le livre saint, *les ministres de son règne, ministri regni illius* [2]. C'est dans ce sens que saint Paul nous avertit qu'il n'y a pas de puissance qui ne vienne de Dieu et que celles qui existent tirent de lui leur force : *non est enim potestas nisi à Deo; quæ autem sunt, à Deo ordinatæ sunt* [3].

Ecartant ensuite toutes les questions secondaires touchant la forme et le sujet du pouvoir, le R. P. Hyacinthe a signalé seulement deux grands faits qui ont la valeur de deux principes : — la souveraineté existe en dehors de la nation et s'exerce sur elle, ou bien la souveraineté existe dans la nation elle-même et s'exerce par elle. Dans le premier cas, c'est un *prince absolu* ; dans le second, un *peuple souverain*.

1° *Le prince absolu.*

En considérant l'origine des sociétés à un point

---

[1] *Proverbes,* VIII. 15.
[2] *Sagesse,* VI. 5.
[3] *Épître aux Rom.*, XIII. 1.

de vue abstrait, dans l'ordre des idées, je l'ai fait
reposer sur un contrat formel ou implicite entre les
pères de famille, c'est-à-dire, au sens du droit romain, ceux qui sont actuellement à la tête d'une
famille, ou ceux qui, étant émancipés, ont le droit
d'y être. Tel est l'ordre idéal. Mais les faits de
l'histoire ne répondent pas toujours à la métaphy-
sique politique, et si je me place avec vous sur le
terrain des origines réelles des nations, je ne trouve
aucune trace de ce contrat. Ce que je trouve le plus
souvent à la place, c'est ce qu'on a nommé la *loi
des héros*. Au lieu de nations se constituant elles-
mêmes, je vois de puissantes et providentielles in-
dividualités qui créent des peuples et les tirent en
quelque sorte de leur grande âme.

Les masses, à l'origine, et peut-être toujours, ont
besoin de ce doigt mystérieux posé sur leur poitrine
pour en faire jaillir l'étincelle assoupie. Ce sont les
Hercule et les Thésée tuant les monstres, dispersant
les brigands, et devenant par leur force et leur vail-
lance les libérateurs des familles opprimées et les
organisateurs d'une société naissante. Ce sont les
Orphée et les Amphion s'élevant au-dessus de la
multitude par leur sagesse et leur éloquence; les
Numa lui commandant par la piété. De qui ces
hommes ont-ils reçu le pouvoir? Est-ce de la nation? Mais la nation n'existe pas, et ce sont eux qui
la forment par l'exercice même du pouvoir. C'est du

droit de leur glaive et de leur massue qu'ils règnent ;
c'est de leur propre sagesse et de leurs propres bienfaits qu'ils relèvent ! La souveraineté était semblable
à la terre inoccupée dont je parlais dimanche : Dieu
du haut du ciel, la nature humaine du fond de ses
misères, tout y réclamait un propriétaire qui en fît
du même coup son droit personnel et le salut de tous.
Aucune main vulgaire ne pouvait y toucher. Place
donc au héros ! Qu'il occupe le pouvoir inoccupé,
qu'il en fasse l'instrument de la justice et de la paix,
et qu'il le lègue à ses fils et aux fils de ses fils comme
un héritage inaliénable et incontesté !

Tel est ce pouvoir que l'on nomme absolu, non qu'il le soit
dans son exercice, puisqu'il a sous ce rapport la même limite que le pouvoir populaire et qu'il ne s'étend qu'à la modalité des droits ; mais parce qu'il est absolu dans son origine et
qu'il ne tient son droit, comme le propriétaire, que de lui-même
et de Dieu. Le R. P. Hyacinthe a protesté contre l'injustice des
écoles libérales qui affectent de confondre le pouvoir absolu
avec le pouvoir arbitraire et despotique. Le pouvoir absolu, au
sens où l'on vient de l'expliquer, est une des deux grandes formes de la souveraineté. Il a été le passé, il est encore le présent de grandes nations.

2° *Le peuple souverain.*

Les écoles absolutistes ne sont pas moins injustes que les
écoles libérales, quand elles font de la monarchie de droit divin la seule forme légitime de gouvernement, et qu'elles ana-
thématisent toute constitution fondée sur la souveraineté nationale.

Je me tourne à présent vers les âges modernes. J'y

cherche des nations formées sous nos yeux ou du
moins dans la plénitude de leur propre conscience.
Quel exemple prendrai-je? Irai-je vers la Suisse?
Interrogerai-je le peuple des glaciers, les fils de
Guillaume Tell? Reprendrai-je les sentiers aimés
de la Belgique? Non, je franchirai l'Océan, et je
me replacerai en face de cette nation gigantesque
dont j'ai déjà parlé........ Je ne suis pas le courtisan des États-Unis d'Amérique : par la grâce
de mon sacerdoce, je ne suis le courtisan de personne. Je ne suis pas même leur admirateur aveugle,
et si c'était le lieu, je leur dirais qu'ils glissent sur
la pente rapide de la décadence morale, et qu'ils sont
assurés d'y rencontrer, comme nous, la décadence
politique et sociale... Je les rappellerais à l'esprit
meilleur de leurs origines et au vrai civisme de leurs
fondateurs... Je puis dire cela, messieurs, je suis
fils de Pie IX, et Pie IX s'est fait gloire d'envoyer
son hommage et sa pierre au monument national
dressé à Washington ! Qu'elle était grande cette nation, et qu'elle est grande encore ! — Peuple, tu es
semblable au lionceau qui monte vers sa proie :
Catulus leonis... ad prædam ascendisti! Ta proie,
c'est la richesse des deux mondes ; ta proie, c'est ta
fière indépendance, c'est ton fertile et vaste conti-
nent. Tu t'es couché entre deux océans, à l'ombre de tes hautes montagnes, au bord de tes fleuves
qui sont comme des mers ! Tu as rugi comme le

lion ; et comme la lionne, tu t'es assoupi dans ta force : qui osera t'éveiller? *Quis suscitabit eum?*

Eh bien ! quel est le possesseur de la souveraineté chez ce peuple? Nul autre que lui-même. Le jour de son laborieux enfantement, il l'a prise entre ses mains sanglantes et jalouses, et il l'a retenue. Tous ils sont citoyens et rois du même coup.

Il y a donc une souveraineté légitime et respectable en dehors de la souveraineté des princes absolus : la souveraineté de la nation elle-même ou la démocratie.

La nation, qui retient la souveraineté, pourra-t-elle en retenir aussi l'exercice ? La *démocratie pure* ou le pouvoir exercé directement par tous les citoyens n'a été possible que dans de petites républiques comme celle de la Grèce, lesquelles n'étaient au fond que des communes souveraines ; et encore, comme on l'a fort bien dit, « la cité antique, fleur brillante et fragile, trempait sa racine dans l'esclavage. » Dans les sociétés plus considérables, le peuple ne peut exercer la souveraineté que par des représentants : c'est la *démocratie représentative*, quelle qu'en soit d'ailleurs la forme, républicaine ou monarchique. L'autocratie, c'est-à-dire le droit de commander en son propre nom, ou, en d'autres termes, le pouvoir absolu, demeure entre les mains de la nation ; mais elle en délègue l'exercice à des magistrats de son choix.

En présence de ces deux formes de la souveraineté, qui partagent le présent de l'humanité comme elles ont partagé son passé et comme elles partageront sans doute son avenir, le christianisme n'a point de choix à faire, mais un même enseignement à donner. Que ce soit un homme ou que ce soit un peuple qui possède ici-bas le pouvoir souverain, ce pouvoir ne lui appartient qu'à titre de dépôt ; et, à vrai dire, il n'est qu'un ministre de Dieu, le seul vrai souverain : *Dei minister est*[1].

[1] *Rom.*, XIII. 4.

DEUXIÈME PARTIE. — De l'exercice de la souveraineté.

Le pouvoir est divin dans sa source, donc il est inviolable ; le pouvoir est humain dans son mandataire, donc il est limité. Telles sont les deux lois de la souveraineté dans les monarchies les plus absolues comme dans les démocraties les plus radicales.

I. Le pouvoir est divin dans sa source, *non est potestas nisi à Deo.* Tout droit, en effet, pour être vraiment tel, doit découler de la raison et de la justice absolues, qui ne sont autre que Dieu. Un droit purement humain est simplement absurde. Quand donc je crois pouvoir exiger d'un autre homme le respect de mes actes, si contraires qu'ils soient à ses intérêts et à ses volontés ; quand j'entends courber sa propre activité et jusqu'à sa personne devant ce que j'appelle mon droit, c'est que je sens en moi quelque chose qui vient de plus haut que moi, et qui me sacre pour un instant le souverain de mon semblable et de mon égal. Le pouvoir politique est un droit dans celui qui l'exerce, et il crée des devoirs dans ceux qui le subissent : il est donc divin au même titre que tous les droits légitimes, depuis celui du propriétaire jusqu'à celui de l'époux et du père de famille, *non est enim potestas nisi à Deo*, pas de pouvoir, pas de droit qui ne vienne de Dieu.

Si le pouvoir est divin, il est par là même inviolable et nul ne peut lui résister. C'est saint Paul qui
tire cette conséquence : « Celui qui résiste au pouvoir résiste à l'ordre de Dieu, *itaque qui resistit po-
testati, Dei ordinationi resistit*[1]. » Et il ajoute encore :
« Soyez donc soumis au pouvoir non pas seulement
par crainte mais par conscience, *non solum propter
iram sed etiam propter conscientiam*[2]. » Ne vous incli-
nez pas devant la force du glaive ni devant la force de
la légalité, mais devant votre propre conscience. La
force n'est pas un droit, et l'homme ne peut trouver
dans son propre fonds de quoi commander à un autre
homme. Mais toutes les fois que votre propre conscience vous montre votre semblable dans la majesté
du droit, obéissez non à l'homme, mais à Dieu.

Le principe de l'inviolabilité du pouvoir est dans
la doctrine et la pratique constante de l'Eglise catholique. On peut et dans bien des cas on doit résister aux abus du pouvoir ; on ne doit jamais l'attaquer en lui-même.

C'est l'erreur et le crime de la révolution française
d'avoir érigé en principe ce qui, avant elle, n'avait
été qu'un désordre passager dans la vie des peuples :
le renversement du pouvoir. On a dit qu'il était
temps de terminer la révolution, et que, pour la terminer, il fallait la juger. Je me permets d'ajouter

---

1 *Epître aux Romains*, XIII. 2.
2 *Ibid.*, XIII. 5.

que pour la juger, il faut l'analyser. Si je la prends
à son point de départ, à cette date célèbre de 1789,
je me trouve en présence de deux mouvements très-
divers et cependant confondus en un seul. C'est d'a-
bord une légitime et nécessaire réaction contre les
abus politiques et contre la corruption morale des
derniers temps de l'ancien régime. Les abus politiques
y avaient étouffé, dans une centralisation jusqu'a-
lors inconnue, les restes de la liberté du moyen âge
et la récente prospérité de la France de Henri IV et
de Louis XIII. Et quant à la corruption morale, mon
plus illustre prédécesseur dans cette chaire l'a peinte
en deux paroles admirables d'éloquence, de courage
et de vérité : « Dans la chambre où avait dormi
saint Louis, Sardanapale était couché ! Stamboul avait
visité Versailles et s'y trouvait à l'aise [1]! » Une
trop grande partie de la noblesse des provinces, laissant derrière elle avec ses vieilles mœurs le fléau de
l'absentéisme, accourait imiter ou du moins admirer
les mœurs nouvelles ; et un clergé de cour se joignait
à elle pour donner non pas sans doute l'approbation
impossible de la parole, mais l'approbation d'un
coupable silence. Contre un pareil état de choses, la
réaction ne pouvait être ni trop énergique ni trop
indignée ; mais elle devait demeurer pacifique et lé-

---

[1] *Conférences de Notre-Dame de Paris*, par le R. P. Lacordaire,
XIIIe conf. De la chasteté.

gale; elle devait réformer le pouvoir, et non point l'ébranler. Mais que dis-je? La réforme partait du pouvoir lui-même, et cette initiative généreuse ayant son point d'appui dans l'immense majorité du pays, c'est ce que je nommerai le 1789 du roi honnête homme et de la vraie nation française. Malheureusement il y en avait un autre. 1793 n'est pas seul coupable, 1789 l'est déjà; il l'est surtout par ce mépris tout à la fois instinctif et systématique de l'autorité qui perce dans ses actes comme dans ses idées, qui se traduit tantôt par l'insurrection de la parole à la tribune, tantôt par l'insurrection de la force dans la rue, et qui dès le principe ouvrait la voie à ceux qui, après avoir abaissé le trône du monarque devant l'assemblée nationale, dressèrent son échafaud en face de son palais !

Voici quatre-vingts ans que dure la révolution française, devenue aujourd'hui la révolution européenne. Elle a fait assez de ruines, ce me semble, et il serait temps d'édifier. Arrêtez donc l'instabilité honteuse et redoutable de nos institutions, et pour cela replacez dans les idées et dans les mœurs le dogme chrétien du pouvoir inviolable et sacré !

II. — La souveraineté est limitée dans son exercice. — Si le pouvoir est nécessairement inviolable dans son principe, qui est divin, il est essentiellement limité dans son exercice, qui est humain. Toute puissance exercée par des hommes a ses limites, et celles de la puissance civile se trouvent dans *la modalité des droits* qu'elle a pour mission de régler et de défendre au sens où on l'a expliqué déjà. La souveraineté politique, pas plus celle du peuple que celle du prince, ne s'étend donc aux droits eux-mêmes, et ne peut légitimement y toucher : droits de l'individu; droits de la famille, cette société primitive; droits de l'Eglise, cette société supérieure ; droits des associations libres. Tout homme, a de droit naturel le pouvoir de s'associer avec ses semblables, pourvu que ce soit au clair soleil de la publicité et dans un but qui n'ait rien de contraire à la morale ou à la paix publique. La loi civile n'a qu'une chose à faire ici : ce n'est pas de donner ce droit, c'est de le reconnaître.

Quand la puissance civile dépasse ces limites par ignorance ou par passion, elle commet un abus. Il faut l'avertir, et au besoin lui résister. Il ne s'agit évidemment pas de l'insurrection, qui n'est jamais *le plus saint des devoirs;* mais de la résistance morale, résistance respectueuse envers le pouvoir, énergique envers les abus, la seule permise et la' seule efficace.

Les livres sacrés nous offrent les plus beaux exemples de cette protestation légitime de la conscience contre l'arbitraire et la tyrannie.

Nous lisons l'Evangile, et nous avons raison; mais nous ne lisons pas assez l'Ancien Testament, l'histoire de ce peuple d'Israël dont Moïse a dit, dans une parole pleine de mystère, qu'il est la mesure et le type d'après lesquels les autres nations ont été formées, *constituit terminos populorum juxta numerum filiorum Israël* [1].

Pour moi, en étudiant ces annales incomparables,

----

[1] *Deutéronome*, XXXII, 8.

du livre des Juges à celui des Machabées, j'ai été
souvent frappé d'un détail plein de charme, riche
en poésie domestique et riche en enseignements sociaux : c'est que la possession paisible du foyer est
donnée comme le signe du royaume de Dieu sur la
terre. « En ces jours-là, Israël habitait sans crainte,
et chacun s'asseyait sous sa vigne et sous son figuier[1]. » La vigne et le figuier ! c'est-à-dire le foyer
complet, avec ces dépendances extérieures qui en
font l'aisance et la gaieté, avec cette extension si
désirable, j'allais dire si nécessaire, au sein de la
nature !

Or, en Israël comme ailleurs, l'autorité publique
ne respecta pas toujours les droits de la vie privée.
Le livre des Rois nous dit qu'au temps d'Achab un
homme possédait une vigne, dans Jezrahel, auprès
du palais du roi. Achab désirait cette vigne pour y
faire un jardin ; lui-même alla trouver Naboth et lui
dit : « Donne-moi ta vigne, et je t'en donnerai une
autre meilleure ou, si tu le préfères, je te la payerai
en argent[2]. »

Et Naboth répondit : « Dieu me garde de te donner l'héritage de mes pères ! » Pour cet homme simple et rempli de l'esprit des anciens jours, c'était une
impiété d'abandonner le foyer de ses pères. Le roi
d'Israël s'arrêta en frémissant devant cette protestation du droit de la famille ; et rentrant dans son pa-

[1] *IIIᵉ livre des Rois,* IV. 25.
[2] *Ibid.,* XXI.

lais, dit le texte sacré, il refusa de prendre son repas, et se jeta sur sa couche, le visage tourné du côté de la muraille. Alors sa femme, la reine Jézabel, entra et lui demanda le sujet de sa tristesse. Le roi lui raconta son offre généreuse, le refus de cet obscur ouvrier, et l'insurrection de cette propriété sans valeur contre les exigences de la splendeur des cours. « Vraiment, répondit Jézabel avec une ironie superbe, vous avez une grande autorité et vous gouvernez bien le royaume d'Israël! Levez-vous et mangez; c'est moi qui vous donnerai la vigne de Naboth de Jezrahel! » Elle écrivit ensuite au nom d'Achab, scella sa lettre de l'anneau royal, et manda aux anciens de la ville de faire une prompte et sévère justice d'un séditieux nommé Naboth, qui avait blasphémé contre Dieu et contre le roi. Et cette fois, comme tant d'autres fois, hélas! les juges regardè·· rent par-dessous le bandeau sacré de la justice, ils virent autre chose que cette justice elle-même; et citant Naboth devant le peuple, ils suscitèrent deux fils de Bélial qui rendirent témoignage contre l'innocent. L'innocent fut lapidé. Jézabel triomphante dit alors à Achab : « Venez prendre possession de la vigne de Naboth, qui n'a pas voulu vous la céder à prix d'argent. Naboth ne vit plus, il est mort! » Mais pendant que le roi s'avançait vers cette terre si convoitée, un homme l'attendait à l'entrée. Couvert de peaux de bêtes, les reins entourés d'une ceinture de cuir, il descendait des rochers du Carmel.

Habitant de la solitude, il respectait la royauté, mais il bravait les rois quand les rois foulaient aux pieds la loi du Seigneur et le droit de leurs sujets. C'était le prophète Elie. Regardant l'usurpateur en face, le prophète dit au roi : « Tu l'as tué, et maintenant tu viens le dépouiller, *occidisti, insuper et possedisti !* Voleur et meurtrier, voici ce que dit le Seigneur : Ici même, à la place où les chiens ont léché le sang de Naboth, les chiens lécheront aussi le sang de la femme d'Achab [1] ! »

Voilà la liberté ! C'est le cri de toute conscience honnête en face de la violation d'un droit. C'est la protestation de l'opinion publique contre les abus de la force et contre les abus plus redoutables de la légalité.

Le R. P. Hyacinthe a signalé, en terminant, l'erreur si commune aujourd'hui qui place les intérêts de la liberté dans des questions de formes politiques nécessairement secondaires et subordonnées aux circonstances des pays et des temps. Ce n'est pas la *forme* du pouvoir, ce sont ses *limites* qu'il importe de déterminer. Là est l'avenir pratique de la liberté dans le monde.

Le despotisme des républiques est aussi fréquent et plus redoutable que celui des monarchies, et rien n'égale les excès de la souveraineté nationale quand elle porte la main sur les droits. La maxime de Lycurgue, commune du reste à toute l'antiquité, était que « chaque citoyen est une propriété de la patrie, et que vis-à-vis d'elle il n'a plus aucun droit

[1] *IIIe livre des Rois*, 19.

sur lui-même. » C'est la même doctrine qui était
formulée de nos jours par le révolutionnaire Ruault,
dans ces termes concis et sauvages : « Tout appartient à l'Etat, corps et biens ! »

S'opposer aux envahissements des lois positives
au nom des lois non écrites de la nature humaine
et de la justice éternelle, tel a toujours été le rôle
glorieux de l'Eglise au sein des sociétés chrétiennes.
Et je m'étonne, messieurs, — je le dirai parce que
mon cœur est plein, — je m'étonne et je m'afflige
quand j'entends dire que le pape a prêché la sédition
parce qu'il a réclamé contre la violation légale
des droits de l'Eglise, qui sont aussi les droits na-
turels de la propriété. De telles paroles voudraient
être libérales, mais elles sont opposées à la liberté
autant qu'au respect, et j'ai le devoir de .protes-
ter contre elles !

Non, l'Eglise catholique, non, le Pontife romain
ne font point acte de sédition quand ils disent à
l'Etat : « Vous n'avez pas le droit de toucher au
droit ! » Ils font acte, au contraire, du respect le
plus loyal et le plus courageux à l'égard de l'Etat
comme à l'égard de la liberté. Parler et agir
ainsi, c'est grandir l'Etat ; car c'est le maintenir
dans ses nobles frontières, qui sont la justice ! C'est
nous grandir tous ; car c'est nous affermir sur notre
terrain légitime, qui est la liberté !

TROISIÈME CONFÉRENCE

DE LA RELIGION DANS LA VIE DES NATIONS.

Monseigneur [1], Messieurs,

Nous avons reconnu le droit divin du pouvoir, quelle qu'en soit la forme particulière ou l'origine immédiate ; et en écartant de cette doctrine le sens excessif que lui avaient donné ses adversaires avec une partie de ses défenseurs, nous avons affirmé, au sens de saint Paul, l'origine supérieure de tout pouvoir, le caractère inviolable et sacré de tout droit, de celui du prince comme de celui du citoyen, de celui des démocraties comme de celui des monarchies : « *non est potestas nisi a Deo*, il n'y a pas de droit qui ne vienne de Dieu. »

Mais le droit n'est pas seul à posséder en lui le

---

[1] Mgr l'archevêque de Paris. — Assistaient aussi à cette conférence Mgr Buquet, évêque de Parium; Mgr Meignan, évêque de Châlons, et Mgr Place, évêque de Marseille.

4

souffle d'en haut. Il y a dans les sociétés politiques quelque chose de moins défini, mais de non moins réel : c'est la vie ; et j'ai à rechercher aujourd'hui quelle part occupe la religion dans la vie des nations.

Aucune ! me répond l'opinion si commune aujourd'hui qui voudrait bannir Dieu de l'ordre social, et qui, tout en se résignant au dogme spéculatif de son existence, essaye de refouler son action dans le sanctuaire de la conscience individuelle et de lui fermer toutes les portes de la vie publique. Ce n'est pas seulement la loi que l'on veut athée, — ce serait déjà beaucoup trop assurément; — ce sont les idées politiques, les mœurs nationales, la vie du pays, en un mot !

Il n'entre pas dans mon sujet d'examiner dans quelle mesure la législation civile doit se rattacher à l'existence de Dieu en général et au christianisme en particulier. Je retrouverai plus tard cette question importante et complexe, que l'on a passionnée dans ces derniers temps. Je néglige donc pour le moment les lois, élément plus extérieur qu'intime à un peuple ; je laisse de côté les rapports définis de l'Eglise et de l'Etat, et prenant les choses par leur côté le plus libre et le plus profond, dans les croyances et les mœurs publiques, je me propose d'établir que la religion est le principe de l'existence et de la prospérité des nations.

Je le ferai de deux manières : d'abord à un point
de vue général, en vous montrant, moins par le rai-
sonnement que par l'histoire, les nations constituées
par leur âme, et cette âme elle-même vivifiée par la
religion; puis dans un détail plus frappant encore,
en suivant l'action du principe religieux au milieu
des passions de la vie publique, où il suscite et
maintient ces deux forces que rien ne remplace : la
justice sociale et la foi patriotique.

**PREMIÈRE PARTIE. — La religion est le principe supérieur de la vie
nationale.**

I. Le R. P. Hyacinthe s'est demandé d'abord quel est le vrai
principe de la vie d'une nation.

Est-ce l'organisme politique, je veux dire les lois
positives et le gouvernement établi? Ne voir que
cela dans la constitution d'un peuple, ou même y
voir principalement cela, c'est tomber dans l'erreur
grossière de ceux qui confondent la vie avec les organes extérieurs de la vie. C'est le matérialisme politique!

Seraient-ce, au-dessous de ces circonscriptions ar-
tificielles des lois et du pouvoir, les circonscriptions
plus naturelles du sol : le cours des fleuves, le bas-
sin des mers, la barrière des montagnes? Assurément ces choses peuvent contribuer à la parfaite
constitution d'un peuple, à son indépendance et à sa

prospérité, et je ne suis pas de ceux qui méconnaissent la préparation si mystérieuse et si rationnelle
du globe en vue des nations qui devaient l'habiter.
Mais cet élément est secondaire aussi ; il se combine
avec d'autres ou même s'efface devant eux. Que de
grandes nations, en Europe, pour qui les frontières
naturelles n'ont pas été dessinées !

Pénétrons plus avant que ces formes de la géogra-
phie ou de la société. Voici le sang, informant la
vie physique ; la langue, informant la vie morale.
Ce qui fait une nation, est-ce la communauté du
sang et de la langue? Est-ce le principe de la race?
Je n'ai pas à discuter la théorie moderne des na-
tionalités : à l'heure où je parle, elle est jugée ;
jugée comme théorie par les paroles pleines d'autorité qui ont mis à nu, sous les vérités dont elle abuse,
l'erreur et le péril qu'elle renferme ; jugée comme
pratique par les événements formidables qui ont
surgi et devant qui la terre a fait silence !

 Ce qui fait une nation, messieurs, c'est son âme.
Les nations, comme les individus, ont une âme, et
c'est par cette âme qu'elles vivent.

Une nation est un groupe plus ou moins considé-
rable de familles provenant quelquefois de sang très-
divers, mais se sentant unies par un même esprit
public. Ce peuple a une histoire dans le passé ; il n'en
a pas deux, mais une, et s'il en brisait la vivante tradition, il cesserait d'être lui-même. Ce peuple a une

conscience dans le présent, un fonds commun de croyances, d'affections, d'intérêts et de mœurs ; et c'est dans le sentiment profond de cette vie collective qu'il s'affirme à lui-même son unité avant de l'affirmer à ses rivaux.

Or, dans cette âme nationale, je ne crains pas de le dire, la place la plus large et la meilleure appartient à la religion. C'est la loi essentielle de l'âme d'être constituée dans sa nature et sa vie propre par son rapport avec Dieu. Aussi les matérialistes font-ils preuve de sens quand, pour en finir avec Dieu, ils cherchent premièrement à tuer l'âme dans l'individu et dans la société. L'âme d'une société, c'est surtout sa religion, c'est ce culte national qui nous a tenus, comme on l'a si bien dit, pendant douze siècles entre ses bras ; qui a inspiré nos arts, nos soldats, notre histoire entière, et qu'on ne saurait renier sans renier avec lui l'âme de la patrie !

II. C'est surtout par les faits qu'il faut convaincre un siècle qui en appelle sans cesse des théories aux faits. Le R. P. Hyacinthe a donc cherché dans l'histoire ancienne et contemporaine la preuve expérimentale de l'alliance du sentiment religieux et du sentiment national. A ce point de vue, il a successivement interrogé l'histoire dans les temps qui ont précédé Jésus-Christ, dans ceux qui l'ont suivi, et enfin dans cette heure présente et douteuse dont le poëte a dit :

De quel nom te nommer, heure trouble où nous sommes ? [1]

[1] M. Victor Hugo.

1° *L'histoire avant Jésus-Christ.*

Le mouvement de l'humanité, comme celui de la
nature, est d'orient en occident. C'est de l'Orient
que nous vient chaque matin la lumière ; c'est de là
que nous est venu le christianisme, cette lumière de
l'âme. De là aussi sont partis les Aryens nos pères.
Que furent ces sociétés primitives ? Des théocraties,
où le sentiment national avait tellement sa racine
dans le sentiment religieux qu'il se confondait avec
lui. Vastes empires des Egyptiens, des Assyriens et
des Perses, dont les premières dynasties se compo-
sent de dieux, dont les législateurs étaient des prêtres, et qui prétendaient dompter leurs ennemis
moins par la force de leurs armes que par la puissance de leurs divinités ! Bien au delà des contrées
où vécurent ces empires, j'en aperçois un autre, à
l'extrême orient, leur contemporain et le nôtre à la
fois : la Chine, empire étrange, le moins religieux
qui soit au monde, celui du reste qui se rapproche
le plus des rêves de la démocratie moderne. C'est
une immense démocratie, en effet, et la liberté s'y
subordonne volontiers à l'égalité ; démocratie auto-
ritaire et disciplinée sous la puissante main d'un
chef. C'est le règne officiel des lettrés. L'instruction
n'y est pas obligatoire, — et en cela la Chine est
mieux inspirée que ses imitateurs ; — mais elle
n'en pénètre pas moins dans les couches les plus

profondes de la nation, et elle y prend ces formes
tant prônées de la *morale indépendante*. On a refoulé
les dogmes au midi vers l'Inde, au nord vers le
Thibet ; on a gardé à peine un déisme vague et
inoffensif ; et la morale qui s'enseigne dans l'empire
est, avec celle de Socrate, la plus belle et la plus
pure de toutes les morales humaines : la morale de
Confucius. L'absence la plus complète des préoccu-
pations relatives à la vie future, jointe à un travail
actif et prospère, achève de faire de cette société une
société modèle au gré des idées nouvelles, et possé-
dant paisiblement par voie de tradition ce que nous
recherchons péniblement par voie d'innovations. Eh
bien, chose étonnante ! en soustrayant la vie privée
au gouvernement de l'idée religieuse, la Chine n'a
pas cru pouvoir fonder la vie publique autrement que
sur cette idée même : elle affirme qu'elle a des liens
avec l'éternité, elle se croit le Céleste Empire, et son
souverain se dit le Fils du ciel !

De l'Asie, rentrant en Europe et s'arrêtant à la grande civilisation romaine et à ses origines sabines et étrusques, le
R. P. Hyacinthe en a fait remarquer le caractère profondément
religieux :

La manière même dont se fondaient les villes,
d'après le rite étrusque, témoigne éloquemment de
la conviction où l'on était alors que l'ordre civil n'a
d'autre base que l'ordre religieux. Les prêtres se

livraient à un examen attentif du sol, et, marquant
au centre de l'enceinte une place mystérieuse, ils y
creusaient une fosse en forme de ciel renversé. La
partie inférieure en était consacrée aux dieux mânes,
et on en fermait l'entrée avec une pierre. Cette fosse
s'appelait le *mundus*, le monde, et dans la pensée de
ces peuples elle était la communication du monde
visible avec le monde invisible, l'affirmation sensible
de la cohabitation des vivants et des morts, des
hommes et des dieux dans une même cité. Trois fois
par an on ouvrait le *mundus*, et tout faisait silence :
les affaires de l'Etat comme celles des familles demeuraient suspendues, et la cité regardait dans ses
entrailles le secret de ses origines et de ses destinées
surhumaines !

Des dieux au fondement de ses édifices, des dieux
au sommet de ses collines, voilà la cité italique. C'est
dans de telles traditions que Rome a puisé cette force
qui a fait sa grandeur et qui est demeurée son nom
propre. Fondée par une troupe d'aventuriers et de
bandits, elle n'est devenue la maîtresse du monde
qu'après être montée sur ses propres autels et avoir
consacré dans des adorations passionnées le patriotisme de ses fils.

L'idolâtrie sans doute est une erreur insensée et coupable.
Toutefois, sous ces symboles pervertis se cachaient de grandes
vérités et souvent même de grandes vertus de l'ordre naturel, et
c'est dans ce sens que des religions fausses ont pu contribuer à

la prospérité des familles et des Etats. Entre l'égarement du sentiment religieux, qui constitue l'idolâtrie, et sa destruction radicale, qui est au fond du rationalisme, l'hésitation n'est pas possible, surtout au point de vue du patriotisme.

2° L'histoire depuis Jésus-Christ.

Nous sommes fiers de notre civilisation moderne, et nous avons raison; mais nous n'en connaissons pas assez les origines. Une plume érudite autant qu'éloquente vient de les raconter dans un livre que l'avenir nous reprochera de n'avoir compris qu'à demi : Je veux parler des *Moines d'Occident*. Il s'est trouvé que l'histoire de ces moines était l'histoire de l'Occident lui-même, et que l'Europe au maillot, si je puis ainsi dire, avait reposé dans la robe des moines et avait grandi sous leur discipline. L'Angleterre en particulier, cette terre classique de la liberté, a été convaincue de porter dans ses institutions et dans ses mœurs l'empreinte encore vivante de l'esprit monastique, des lois et des usages des vieux cloîtres qui l'ont fondée et qu'elle a renversés.

Si un historien catholique a pu rappeler à l'Angleterre qu'elle est l'œuvre de ses moines, un historien anglais et protestant avait dit à la France, dès le siecle dernier, qu'elle est l'œuvre de ses évêques. Sur un champ de bataille, dans le cœur d'un héros, le patriotisme des Francs s'est uni à la foi des chrétiens. Leur alliance a été scellée par la main de saint

Remi, et de l'âme de Clovis elle a passé dans celle de
la nation entière ; et depuis, cette alliance a traversé
les siècles, plus forte que les prospérités, qui n'ont
pu la corrompre, plus forte que les revers qui n'ont
pu la décourager. . . . .
Laissez-moi rappeler Jeanne d'Arc : elle ne sera jamais un lieu commun pour des Français... « Paris
tombé, l'expérience a prouvé que la France tombe. »
Quand M. de Châteaubriand écrivait ces mots, il ne
songeait pas à Jeanne d'Arc. Paris était tombé. Le
roi d'Angleterre y régnait presque incontesté, et
Charles VII, devenu le *roi de Bourges*, faisait gaie-
ment les funérailles de la monarchie française en
inaugurant l'ère des courtisanes royales. Qui est-ce
qui sauva la France ? Une fille des champs, naïve et
pure comme la nature et le peuple, au sein desquels
elle avait grandi, et comme eux religieuse. Elle écou-
tait le son des cloches, elle regardait le ciel ; sous le
hêtre de Domremi elle entendait des voix qui lui
parlaient de Dieu et de la France, et lui donnaient
la mission non de ramener le roi à Paris, mais de le
faire sacrer à Reims.

Il faudrait, pour être complet, parcourir l'histoire entière des
peuples chrétiens dans leurs beaux siècles. Elle montre partout
l'alliance ou plutôt la fusion du sentiment religieux et du sentiment national. Le R. P. Hyacinthe a rappelé l'Espagne, déchue
aujourd'hui, mais autrefois si grande ; les luttes héroïques et
tant de fois séculaires de son patriotisme religieux contre les
Maures ; et cette épopée nationale qui se termine dans les splen-

deurs d'Isabelle et de Ferdinand le Catholique, époque où l'Espagne était la première nation de l'Europe.

3° *Peuples contemporains.*

Les peuples contemporains ne font point exception à la loi qui vient d'être établie. Malgré la crise que plusieurs d'entre eux traversent, le christianisme continue à gouverner chez eux les mœurs publiques et a inspirer le sentiment national. Rien de plus contraire à une observation attentive et impartiale de l'Europe et de l'Amérique que l'opinion, si répandue parmi nous, qui considère la religion comme un élément disparu de la vie des nations.

On nous parle souvent de l'Allemagne, et parfois on nous la montre, avec inquiétude, grandissant à nos portes. Eh bien, messieurs, la France n'a rien à craindre de l'Allemagne au point de vue de la puissance matérielle; elle n'a rien à lui emprunter non plus sous le rapport de cette philosophie panthéiste ou matérialiste contre laquelle l'Allemagne elle-même a réagi. Ce que j'admire chez eux, c'est le culte du foyer domestique, les traditions respectées et chéries de la vie de famille, et, malgré le travail opiniâtre du scepticisme et de la révolution, la foi nationale en Jésus-Christ et en son Evangile.

. . . .

L'école que je combats croit voir dans les Etats-Unis un exemple et un modèle de la séparation de la vie religieuse et de la vie nationale. Je ne connais pas d'erreur plus complète. Ce qui est séparé aux Etats-

Unis, c'est l'État et l'Église, ou plutôt les églises sans
nombre que compte ce pays ; et dans un pareil état
de choses il n'en saurait être autrement. Mais si la
religion n'a rien à voir avec les lois, elle a beaucoup
à faire avec les mœurs publiques. Le fléau du rationalisme, qui désole l'Europe, y est à peine connu sous
forme d'exception ; l'opinion publique le repousse
comme aussi contraire à la prospérité des nations
qu'au salut des âmes. Les Cours de justice y rejettent
avec horreur le témoignage d'un homme qui se dé-
clare athée 1... Aussi, parmi les publicistes français
qui font consister la démocratie dans l'exclusion de
toute influence religieuse sur la société civile, les
plus perspicaces refusent à l'Union américaine le titre
de *démocratie parfaite*, et lui reprochent durement
» que la philosophie ne suffise point à la cité américaine, et qu'on n'y soit citoyen qu'à la condition
d'être chrétien 2 ! »

Le R. P. Hyacinthe a conclu la preuve expérimentale par
l'exemple de deux nations qui ont le rare privilége de réunir
les sympathies de l'opinion catholique et de l'opinion libérale :
la Pologne et l'Irlande. Politiquement, ces deux nations sont
mortes ; elles ne vivent que par leur âme, et leur âme est toute
entière dans le catholicisme. Leurs orateurs et leurs poëtes le
disent éloquemment, et ce qui le dit plus haut encore, c'est la
nature même de l'odieuse oppression qu'elles ont subie.

1 *New-Yorck Spectator* 23 août 1831. Cité par M. de Tocqueville.
2 *La Démocratie*, par M. Vacherot, p. 34 et 35.

DEUXIÈME PARTIE. — La religion principe de la justice sociale et
de la foi patriotique.

Le R. P. Hyacinthe se propose de donner maintenant la
raison du fait universel qu'il a constaté.

Pourquoi l'âme d'un peuple vit-elle surtout de
Dieu et de la religion? A la rigueur, le fait me suf-
firait. Un fait est concluant par lui-même, quand il
est bien établi. Mais je veux aller avec vous jusqu'aux racines de ce fait; je veux déterminer les
fonctions principales de la religion dans le domaine
de la vie publique. Ces fonctions sont surtout de
maintenir la justice sociale et de créer la foi patriotique.

I. La justice sociale. — Nous l'avons vu, messieurs,
dans une société politique, deux grandes forces se
trouvent en présence : le pouvoir et le peuple. Ce
sont deux grandes forces et en même temps deux
grands droits. Nous avons réfuté la conception étroite
de certains publicistes qui reconnaissent dans le
droit du pouvoir un droit exceptionnellement divin :
le droit du pouvoir est divin, mais au même titre
que tous les autres droits. Il y a donc des droits divins, et par conséquent sacrés et inviolables, dans
cette multitude d'individus qui forment un peuple,

dans ce groupe de familles et de foyers qu'on nomme nation. Il y a des droits dans les individus, dans les familles, dans la nation elle-même, et en face de ces droits il y a des droits dans le pouvoir. Et parce que tous ces droits sont portés dans des mains humaines, dans des mains aveugles et passionnées, ils peuvent se livrer des combats redoutables.

Ah! qu'il est nécessaire, au sein des sociétés, de voir surgir une puissance morale qui prévienne ou apaise ces combats! C'est le besoin des sociétés politiques bien plus encore que des sociétés domestiques. L'harmonie est de droit naturel au sein des familles, l'antagonisme est de droit naturel au sein des États. L'harmonie est de droit naturel entre l'époux et l'épouse, entre le père et les enfants. L'ordre, dans la famille, tient aux entrailles mêmes de la paternité; il germe, avec l'amour dans le cœur de la mère et des enfants; il se forme de la coalition de tous les intérêts et de toutes les affections de la nature humaine. Mais dans la société, il n'en est plus ainsi. Ce sont d'une part, les tentations du pouvoir, les plus formidables que je connaisse au monde! Un homme ou des hommes, peu importe, une personne individuelle ou collective, mais une personne enfin, qui peut tout puisqu'elle s'appuie d'une main sur la loi, de l'autre sur la force; puisqu'elle n'a qu'à vouloir pour mettre en mouvement des millions d'existences et pour imprimer au monde une direc-

tion que l'avenir lui-même subira plus ou moins !
Comment, avec cela, ne pas sentir se former peu à
peu et monter dans son cœur cette ivresse de l'orgueil et du premier de tous les orgueils, l'orgueil du
pouvoir ! On a dit que la volupté était la grande passion de la nature humaine ; on s'est trompé : c'est la
domination. La preuve en est qu'on lui sacrifie tout,
jusqu'à la volupté, quand la volupté lui devient un
obstacle !

Et en face de ces envahissements du pouvoir, en
face de ces ascensions de l'orgueil dans le cœur des
souverains, *superbia eorum... ascendit semper,* [1] voici
un autre orgueil non moins détestable, d'autres
déchaînements non moins terribles. Un peuple fatigué de toujours obéir, de beaucoup travailler et de
beaucoup souffrir ; un peuple qui regarde au-dessus
de lui, qui envie d'abord et qui menace ensuite !
Enchaîné à la meule comme Samson, il sent comme
lui les cheveux de sa force lui repousser au front,
ses veines se gonfler et la sève de la virilité lui remonter au cœur. Il s'enivre à son tour du vin de sa
colère, et, sans prendre souci de sa propre ruine, il
secoue les colonnes de l'édifice qui va l'écraser avec
ses oppresseurs !

Ah ! regardez, messieurs, le grand océan social !
Regardez les deux vagues qui se soulèvent de ses
entrailles, la vague populaire et la vague souveraine !

[1] Psaume LXXIII, 23.

Elles montent, elles se gonflent, elles écument et hurlent! Si rien ne les arrête, elles viendront tour à tour se briser l'une contre l'autre avec le fracas du tonnerre! Eh bien, à ces deux vagues, à ces deux océans renfermés dans le même lit, posez le grain de sable dont parle Jéhovah : « Tu viendras jusque-là, mais tu n'iras pas plus avant! Océan du pouvoir, océan des multitudes, vous briserez toutes vos colères, vous humilierez tous vos orgueils devant ce sable impuissant, mais divin, du devoir! »

La religion seule mettra au cœur du pouvoir le dévouement, au cœur du peuple le respect. Il est difficile au pouvoir de se dévouer longtemps; il est difficile au peuple de respecter toujours. Mais le Seigneur Jésus a dit au pouvoir : « Avant moi, les rois des nations s'appelaient des puissants, et ils exerçaient la domination sur elles. Il n'en sera plus de même après moi; mais les rois seront des ministres, et celui qui voudra être le plus grand se fera le serviteur de tous [1]. »

Le Christ seul était capable de faire de telles promesses, et seul le christianisme était capable de les réaliser en inspirant au pouvoir le dévouement pratique et durable. Seul aussi le christianisme a eu la puissance de retenir le peuple dans le respect. Seul il a su lui tenir ce langage et s'en faire

---

[1] *Quicumque voluerit inter vos major fieri, sit vester minister.* S. Matth., xx, 26.

écouter : « Tu peux tout, et cependant tu n'oseras
rien ! Tu demeureras soumis, non pas à cause de
la nécessité, mais à cause de la conscience, *propter
conscientiam;* soumis non-seulement au prince juste,
mais encore au prince méchant, *sed etiam dyscolis.* »

J'ai donc raison de dire avec nos livres saints
que la justice est le salut des nations, et que le
christianisme a pour mission ici-bas de faire régner
la justice sociale tout autant que la justice individuelle. Machiavel s'est trompé, et ses disciples après
lui. On ne gouverne pas longtemps en s'appuyant
d'une part sur la force, de l'autre sur la ruse. Il arrive un jour où l'on rencontre un plus fort, un plus
habile que soi, et où l'on reconnaît, mais trop tard,
que c'est la justice qui garde les nations et qui les
élève, *justitia elevat gentes.*

Voilà pourquoi l'Eglise catholique a toujours pro-
clamé que la morale n'existe pas seulement pour
la vie privée, mais pour la vie publique ; que le
Décalogue de Moïse et l'Evangile de Jésus-Christ
n'ont pas été faits seulement pour les individus, mais
pour les peuples; et que citoyens et monarques,
droits et pouvoirs sociaux, tout relève de la justice et de Dieu !

Voilà pourquoi j'ai raison, moi aussi, quoi qu'en
puissent penser des esprits infirmes ou chagrins,
j'ai raison d'enseigner ces vérités dont le monde a
besoin !

J'ai raison de prendre entre mes mains l'Evangile éternel, *Evangelium æternum*, de le développer dans toute sa largeur, et de crier, comme
l'ange de l'Apocalypse, aux rois et aux peuples,
sans acception de personne, à tous ceux qui sont
assis sur la terre, *sedentibus super terram :* La justice ! la justice ! et toujours la justice !

II. La foi patriotique. Pour aimer et servir sa patrie, il faut
avoir foi en elle, et c'est la religion qui inspire cette foi.

Le cœur de l'homme est ainsi fait qu'il n'aime
beaucoup et longtemps que lorsqu'il sent un souffle
divin dans son amour. Il peut abuser de ce souffle ;
il ne peut pas aimer sans lui !... Si je ne vois dans
ma patrie qu'une institution de fabrique humaine,
je ne sais quelle société artificielle dont les rouages
sans nombre sont numérotés au *bulletin des lois* et
mis en mouvement par les milliers de mains de la
bureaucratie ; si je n'y vois qu'un sol vulgaire avec
des habitants étrangers les uns aux autres, quelque
fois ennemis, comment voulez-vous qu'une telle
France éveille dans mon cœur un seul élan d'enthousiasme ? Le faux prophète de la révolution italienne
reproche à sa patrie d'être matérialiste ; il la veut
religieuse ou plutôt *religion* [1]. Eh bien, moi aussi,

---

1 Le côté religieux de la question italienne, par Joseph Mazzini. (*Re-
vue britannique,* octobre 1867.)

mais dans un sens meilleur, je veux que la France soit une religion.

Je le veux pour deux raisons : parce que c'est cette religion de la patrie qui nous donnera la force de lui sacrifier l'égoïsme individuel, et parce que c'est elle aussi qui nous donnera la sagesse de lui subordonner le sentiment humanitaire.

1° L'égoïsme personnel.

Un patriote illustre a dit cette parole : « Souvenons-nous que l'amour de la patrie est sacrifice et non jouissance. » Quand l'amour est jouissance il est facile ; mais bien souvent il n'est que l'égoïsme. Mais quand il est au prix d'un sacrifice universel et persévérant, oh! qu'il a besoin de reposer sur la foi, sur une foi profonde et, j'oserai le dire, enthousiaste!

L'amour de la patrie est tel. Il faut obéir à des lois qui nous gênent; il faut renoncer non pas sans doute à nos droits, mais au mode personnel, indépendant d'exercer ces droits. La loi positive nous dit : Je ne toucherai pas à votre droit ; mais pour ne pas blesser celui de votre voisin, vous exercerez le vôtre dans telle ou telle mesure, sous telles ou telles conditions. Après le joug des lois, voici l'impôt qui descend sur la misère du pauvre comme sur la splendeur du riche. Après l'impôt de l'or, voici l'impôt du sang, une chose nécessaire, mais cruelle ; cruelle au père, à qui l'on enlève le compagnon de ses travaux ! à la mère, à qui l'on arrache la joie de son foyer ! cruelle au jeune homme lui-même à qui l'on va prendre la part la plus belle de sa libre et florissante jeunesse !

Tous ces sacrifices, la foi patriotique, c'est-à-dire le sentiment national épuré et divinisé par la religion ; la foi patriotique les fait compter pour rien. C'est elle qui conduit le soldat sur le champ du carnage, pour y combattre en héros et y mourir en chrétien. J'en peux citer un trait à l'honneur de nos ennemis ; ces ennemis étaient grands, même dans leur défaite, et leur valeur grandit notre triomphe. Eh bien, sur le champ d'Inkermann, la bataille achevée, envisageant les morts avec ce regard de la science qui n'exclut pas le cœur, les médecins étaient frappés du calme religieux et presque extatique empreint sur le visage des Russes...

2° *Le sentiment humanitaire.*

Le R. P. Hyacinthe a fait remarquer que, de nos jours, la foi patriotique n'a plus exclusivement à réagir contre l'égoïsme individuel, mais contre les déviations de ce sentiment, si juste et si élevé d'ailleurs, le sentiment humanitaire.

J'étais encore bien jeune. Je lisais ces beaux vers de l'un de nos plus grands poëtes :

> Nations ! mot pompeux pour dire barbarie !
> L'amour s'arrête-t-il où s'arrêtent vos pas ?
> Déchirez ces drapeaux ; une autre voix vous crie :
> L'égoïsme et la haine ont seuls une patrie,
>   La fraternité n'en a pas 1 !

----

1 M. de Lamartine, *La Marseillaise de la paix.*

Ils sont beaux, ces vers; mais ils sont mensongers, et leur illusion généreuse et funeste n'a que trop envahi l'esprit de nos concitoyens. On abaisse son drapeau, si on ne le déchire pas; on désapprend le vrai patriotisme, non pas en aimant trop, mais en aimant mal la grande humanité!...

. . . .

J'aurais beau jeu si je voulais user de représailles. Je pourrais dire à l'école philosophique et révolutionnaire : Mais vous nous accusiez, il y a quelques années à peine, nous autres chrétiens et surtout catholiques; vous nous accusiez de ne pas comprendre l'amour de la patrie, de le déraciner ou tout au moins de le dessécher dans les cœurs ! Vous nous disiez : Vous ne pouvez aimer une patrie de la terre, vous qui ne rêvez que la patrie du ciel! Vous ne pouvez servir une patrie nationale, vous qui travaillez pour l'Église universelle! Vous nous disiez ces choses, vous nous adressiez ces reproches injustes auxquels toute notre histoire a répondu; et voici qu'à la place de l'Église vous avez mis l'humanité, et que vous lui sacrifiez sous nos yeux les intérêts de votre patrie, et, sans vous en douter, son honneur!

Le R. P. Hyacinthe a rappelé, en terminant, l'exemple du peuple typique. Rien de plus religieux que l'esprit national d'Israël, et, par une admirable conséquence, rien de plus véritablement humanitaire.

J'ai parlé de tous les autres peuples, et je n'ai rien

dit d'Israël. Il a possédé pourtant, dans un degré suprême, les deux esprits qui font une nation, l'esprit
des foyers et l'esprit des autels, deux sortes de sanc-
tuaires que la religion habite ou déserte à la fois.
Israël était une famille, et on nommait son peuple la
maison de Jacob, *domus Jacob.* Il conservait dans ses
archives publiques la généalogie de ses pères et
comme une histoire complète de son sang; il savait
comment du cœur de son premier ancêtre, par les
veines des douze patriarches comme par autant de
canaux sacrés, ce sang béni de Dieu avait coulé jusqu'à lui. Les douze tribus étaient demeurées dis-
tinctes, presque indépendantes, et cependant unies;
et dans chacune d'elles, chaque famille gardait la
souveraineté de son propre foyer. Tous les cinquante
ans, au jubilé solennel, la maison vendue dans un
moment de crise revenait à ses anciens possesseurs.
Le foyer domestique semblait tressaillir en les re-
voyant, et à la place qu'avait occupée l'aïeul, il sa-
luait joyeusement ses fils.

A l'esprit domestique, quel peuple a mieux uni
l'esprit religieux? C'était le peuple de Dieu. Sa ville
était un temple, la sainte Sion! Son histoire, sa poésie, ses codes, tout était renfermé dans le livre inspiré. Ses sages lui parlaient au nom de Jéhovah; ses
rois tenaient de lui l'empire, et ses guerriers com-
battaient ses divins combats!

Eh bien! ce peuple obscur qui n'eût à choisir

qu'entre l'oubli ou le mépris du monde, ce petit
Etat dont la largeur n'égalait pas vingt lieues, est
celui-là même qui a le plus servi le genre humain !
L'humanité lui doit tout, depuis cette idée, non pas
sémitique, mais hébraïque, qui fait la noblesse et la
puissance de la raison moderne : l'idée du Dieu
unique, personnel et vivant, — jusqu'à ce sang
mystérieux du Calvaire qui seul a la vertu de féconder l'idée divine et d'en faire sortir les vertus qui
ont converti, civilisé nos pères et fondé la société
chrétienne. Socrate avait parlé et était mort en vain ;
Athènes et Rome avaient gardé leurs dieux et leurs
mœurs. Si nous sommes la chrétienté, c'est que les
fils de Juda sont venus et nous ont apporté le trésor
conservé tant de siècles dans le vase étroit, jaloux,
mais bienfaisant, de leur indépendance nationale !

DE LA SOCIÉTÉ SUPÉRIEURE ENTRE LES NATIONS.

Messieurs [1].

Je vais toucher à l'une des plus grandes idées de la politique supérieure. J'en ai le droit, du reste, et je ne fais qu'user de représailles; car elle touche elle-même aux questions les plus graves de l'ordre moral et religieux.

Je n'ai parlé encore que de la nation; mais il y a les nations! et je dois rechercher s'il n'existe pas entre elles des liens qui les unissent en une société universelle.

Qu'est-ce qui a fait sentir le besoin d'un lien supérieur à la société domestique? C'est la multiplicité des familles. Si le genre humain avait pu s'en tenir à cette grande unité primitive, qui ne formait de lui

[1] Assistaient à cette conférence Mgr Lavigerie, archevêque d'Alger, et Mgr Buquet, évêque de Parium.

qu'une seule famille sous le sceptre d'Adam, il n'y eût pas eu de place pour la société civile. Or les nations sont multiples comme les familles ; il semble par conséquent qu'elles ont besoin au même titre de voir s'élever au-dessus d'elles un arbitrage accepté par toutes, et de retrouver l'harmonie, sans perdre la liberté, dans les liens d'une société plus vaste.

Y a-t-il donc une société supérieure entre les nations, et quelle est la nature du lien qui la constitue ? — Est-ce un lien politique ? Est-ce un lien simplement moral ? Est-ce un lien de l'ordre religieux ? — Tels sont les trois aspects sous lesquels il faut considérer cet important sujet.

J'ai peine à me défendre d'une certaine émotion en l'abordant. Il me rappelle ces enthousiasmes de ma première jeunesse, qui furent ceux de mes contemporains. La cité du genre humain m'apparaissait dans les ombres d'une pensée confuse encore ; je comprenais bien mal ce qu'elle est en elle-même, ce qu'elle peut devenir sous l'action du christianisme ; et pourtant je sentais des tressaillements ineffables lui répondre au fond de mon cœur. Aujourd'hui, grâce à Dieu, je la vois dans ces clartés complètes que verse sur les choses de la terre, comme sur celles du ciel, la synthèse catholique ; je crois la mieux aimer, je veux la mieux servir ; et c'est dans cette lumière, qui ne trompe pas, que j'essayerai, messieurs, de la contempler avec vous.

PREMIÈRE PARTIE. — Lien politique.

Et d'abord y a-t-il un lien politique apte à former entre tous les États du globe une société cosmopolite ? Si ce lien n'existe pas dans le présent, peut-il du moins exister dans l'avenir ?

Pourquoi pas ? Et qu'est l'Etat lui-même, sinon un lien politique entre des Etats moindres que lui ?

La société civile n'est pas aussi simple qu'on pourrait le croire au premier abord. Elle se compose de trois sphères concentriques, de trois plans superposés les uns aux autres : à la base, la *commune;* au-dessus, la *province;* au sommet, l'*Etat.*

1° La commune est le point de départ de cette organisation merveilleuse dont l'ensemble forme la société civile. Si je mets de côté ce peuple de l'idée et du miracle, cet Israël qui a devancé les siècles, je ne trouve nulle part la société civile en Orient. J'y vois des seigneuries et des dominations, des potentats étendant sur les multitudes un sceptre où se confondent dans d'inégales et bizarres mesures l'autorité du père sur sa famille, la puissance du maître sur ses esclaves. Mais la cité, la libre association des familles, le germe glorieux de la civilisation véritable, il me faut, pour les rencontrer, poser le pied sur la terre d'Occident, qui est leur sol natal, et m'arrêter devant la race créatrice des enfants de Japhet. Ce sont les villes démocratiques de la Grèce; c'est surtout la cité romaine !

Je ne suis point un panégyriste du droit romain ; je crois, au contraire, que l'excès de son influence a été l'un des fléaux des nations latines, et je lui préfère, sous plus d'un rapport, le droit coutumier de la race germaine. Toutefois il n'est pas possible de refuser à cette législation la gloire d'avoir formulé avant toute autre les principes de la société civile, et c'est de grand cœur que je souscris pour ma part à l'éloge qu'en font les constitutions apostoliques, ce monument vénérable de l'Eglise primitive : « Dieu n'a pas voulu que sa justice fût manifestée pour nous seuls, mais qu'elle resplendît aussi dans les lois romaines. » Car, comme ajoute saint Augustin, « de même qu'il a parlé surnaturellement par les prophètes, Dieu a parlé naturellement par les législateurs de Rome. *Leges Romanorum divinitus per ora principum emanarunt.* »

La société civile s'était tellement identifiée avec Rome que lorsque le déluge des barbares eut passé sur l'empire, il n'en resta plus que des ruines. Alors on vit reparaître, avec des races meilleures et sous des formes nouvelles, mitigées d'ailleurs par le christianisme, ce règne de la seigneurie dont l'Asie a été le berceau. Ceux qui gouvernaient s'appelaient *les seigneurs;* c'était la domination des châteaux, la prépondérance de l'élément domestique sur l'élément civil... Comment la vie fut-elle rendue à la société civile? Sous ces débris et sous ces flots, sous ces algues errantes de l'océan des barbares, le germe du municipe romain avait subsisté. Quand l'heure de la Providence eut sonné, ce germe fleurit de nouveau; il fructifia en France, en Italie, partout, au jeune soleil du moyen âge, au souffle printanier de la civilisation moderne. C'est la glorieuse histoire des communes que je n'ai pas à raconter ici.

2° Telle est la première sphère des sociétés civiles. Mais les *communes* sont multiples et ont besoin de s'unir sans renoncer à leur existence propre. D'où la nécessité de la province.

L'histoire trop méconnue de notre passé nous l'atteste, et la pratique actuelle des peuples libres et florissants de l'Europe fait écho à l'histoire, entre ces deux centres d'activité nationale, le centre restreint de la commune et le centre immense de l'Etat, il est toujours besoin d'un centre intermédiaire. Donnez-lui le nom qu'il vous plaira; pour moi, j'accepte celui que m'a transmis l'histoire: *Provincia* la province. A l'origine, un nom de vaincus, je le sais, les vaincus de l'empire ou de la féodalité; mais plus tard un nom triomphal, la première et la plus vivante affirmation d'un esprit de race et d'une tradition historique dans la formation des nations nouvelles.

Je sais qu'en parlant ainsi je heurte les préventions de cette école révolutionnaire qui s'intitule libérale et qui n'est rien moins que cela. Je ne la brave pas, mais je ne la crains pas non plus ; et au nom de la vérité, des intérêts de la France et des traditions de l'Europe, au nom de l'avenir comme du passé, je répète : Il nous faut des provinces ! Il nous faut des centres intermédiaires qui réagissent d'une part contre la division et l'anarchie des communes, d'autre part contre la centralisation de l'Etat ! — Cessons donc de méconnaître les conditions de leur vie : à côté de la langue nationale, l'originalité de leur antique idiome, que vous appelez dédaigneusement un *patois*, la richesse et la simplicité de leurs vieux costumes, leurs mœurs naïves et religieuses, gardiennes de toutes les vertus de la famille et de la patrie. Souvenons-nous que si l'Eglise, sans altérer l'unité dont elle est à bon droit si jalouse, a pu, dans tous les pays et dans tous les temps, permettre où plutôt favoriser dans son sein la plus étonnante variété [1], l'unité nationale n'a pas davantage à redouter la libre expansion de la vie des provinces !

---

[1] *Circumdata varietate.... circumamicta varietatibus.* (*Psaume* XLIV, 10, 15.) Actes de Pie IX relatifs aux liturgies de l'Orient.

3° L'Etat, pouvoir central et souverain, unit donc les provinces sans les confondre, et forme ainsi le troisième lien de la société civile.

Messieurs, j'admire l'Etat quand il demeure dans ses limites naturelles. Je l'applaudis et me trouve si bien avec lui que je refuse de monter plus haut ! — La commune avait besoin d'être réunie à la commune ; il fallait que sans perdre son indépendance et son autonomie, elle s'appelât la province. La province, à son tour, en regardant les provinces ses sœurs, avait besoin de leur prendre la main pour former avec elles ce cercle majestueux qui se nommait et se nomme la France. Mais au-dessus de la France je ne vois plus rien dans l'ordre politique ; j'affirme que je ne vois plus rien !

Et que verrais-je en effet ? Si j'écoutais le passé, je verrais l'empire universel. Si j'écoutais l'avenir... Oh ! non, pas l'avenir... Si j'écoutais l'utopie, je verrais la confédération des peuples. Ni l'un ni l'autre, messieurs ; ni l'empire universel, ni la confédération des peuples, mais la France !

L'empire universel, je n'ai pas à en parler ; je n'aime point à le trouver devant moi ! Je préfère le laisser face à face avec lui, dans la nudité de l'histoire, depuis Nabuchodonosor jusqu'à César et à ses continuateurs modernes ! Fantôme sanglant, il me semble l'entendre parler comme l'épouse de Macbeth dans la tragédie de Shakespeare : « Quelles

mains j'ai là ! Ah ! elles me font sortir les yeux de la
tête ! Est-ce que tout l'océan du grand Neptune
pourra laver ce sang de ma main ? »

Si l'empire universel est ce rêve lugubre, la confédération des peuples est une chimère innocente et
risible à laquelle je ne peux faire l'honneur d'une
réfutation. Il existe, il est vrai, une confédération
des États-Unis d'Amérique ; on a parlé quelquefois,
dans un noble, mais utopique langage, de la confédération des Etats-Unis d'Europe ; on n'a jamais
songé à la confédération des Etats-Unis du globe !
Par conséquent, je m'arrête, et je conclus cette première discussion en affirmant qu'il n'y a pas dans le
passé et qu'il n'y aura pas dans l'avenir de société
politique supérieure aux nations.

Et si, après avoir regardé vers l'homme pour con-
stater ce fait, je regarde vers Dieu pour en chercher
la raison dernière, je reconnais qu'il a traité les
nations de la terre avec plus de respect qu'elles ne
se traitent quelquefois elles-mêmes. Il les a voulues
libres et souveraines ; il ne les a données à personne
ici-bas, mais seulement à son Fils, quand il lui a
dit : « Demande-moi, et je te donnerai les nations
pour ton héritage, et les confins de la terre pour ton
empire [1]. »

Le Verbe fait homme a demandé. La Parole de

[1] *Psaume* II, 8.

justice et de vérité a reçu l'empire. La question est
finie ; les nations, délivrées par cette parole, s'appartiennent à elles-mêmes et appartiennent à Dieu !

DEUXIÈME PARTIE. — Lien moral.

Après avoir prouvé que les nations ne sont pas entre elles à
l'état de société politique, le R. P. Hyacinthe se propose d'établir qu'elles sont réunies en une société naturelle par les liens
de l'ordre moral. L'idée du *Contrat social* est aussi fausse pour
les nations que pour les individus, et il importe souveraine-
ment, dans la question qui nous occupe, de ne pas confondre
l'état de nature avec l'état sauvage.

Avant la fondation des sociétés civiles, les individus n'étaient pas à l'état de nature, mais à l'état
de société au sein de la famille. C'étaient les familles
qui, manquant de lien supérieur, demeuraient entre
elles à l'état de nature. Leurs rapports toutefois
n'étaient point abandonnés à la force et à la ruse,
au règne de la barbarie en un mot. Bien au contraire, c'était l'ère admirable des patriarches ; et
les diverses familles, libres des entraves sans nombre de la vie sociale et des passions dont elle est
l'aliment, pures autant qu'heureuses dans leurs
mœurs, simples et grandes dans leur manière de
vivre, réalisèrent alors l'âge d'or de la société domestique.

Les nations sont, les unes à l'égard des autres,

dans une situation analogue à celle des familles non encore assujetties à la société civile. Leurs relations sont soumises aux lois supérieures de la morale et à la constitution non écrite du droit des gens ; et par conséquent elles forment entre elles une société réelle, quoique invisible, que j'appellerai la société universelle de la justice internationale.

Je vous disais dernièrement : Il y a une justice pour la vie publique comme pour la vie privée, pour la société comme pour l'individu. J'achève aujourd'hui ce glorieux parcours, j'atteins aux plus hauts sommets, et j'affirme qu'au-dessus de la justice sociale, qui règle les rapports du pouvoir et du peuple, il y a encore la justice internationale, qui préside aux rapports des nations avec les nations.

Dieu, disais-je tout à l'heure, a fait aux peuples l'honneur de les traiter avec un grand respect en les laissant libres ; il les a traités avec un respect plus grand encore en les assujettissant au droit. Ce n'est pas exclusivement pour les consciences individuelles, ce n'est pas uniquement pour le peuple d'Israël que Dieu a dicté le Décalogue à Moïse ; c'est pour le genre humain tout entier. O humanité, regarde ton législateur ! Ce n'est plus vers Israël, mais vers toi qu'il descend des sommets brûlants de l'Horeb, deux rayons à son front, deux tables dans ses mains ! C'est à toutes les races et à toutes les langues qu'il intime le commandement éternel ! C'est aux nations et à

leurs souverains qu'il dit : Vous ne tuerez point !
Non occides! Vous ne ferez pas de la vie des hommes
l'instrument de vos colères et de vos ambitions. Vous
ne répandrez pas leur sang comme de l'eau sur les
sillons stériles de vos champs de bataille ! Vous n'en-
treprendrez point de guerres injustes ; et si la guerre
frappe obstinément à la porte de vos conseils, vous
la pèserez longtemps et avec scrupule, dans les ba-
lances de votre conscience ! *Non occides.* Vous ne
tuerez point !

Vous ne volerez pas non plus. *Non furtum facies!*
Vous ne déroberez ni les royaumes, ni les provinces !
— Ce qui n'est pas permis à un particulier l'est encore moins à un peuple ou à un souverain ! Que
penserait-on d'un particulier qui, trouvant sa vigne
ou son champ trop étroit pour ses besoins ou même
pour ses honnêtes convenances, exigerait sérieuse-
ment de son voisin une rectification de frontières ?
Que dirait-on d'un particulier qui, voyant au sein
de ses vastes terres je ne sais quelle enclave illustre
et séculaire, dirait au propriétaire : Votre château
est la capitale naturelle de mon domaine ; si vous ne
me le cédez, je le prendrai ou je le ferai prendre !...
Vous ne volerez point, dit le Décalogue aux gouvernements comme aux individus, aux nations comme
aux monarques. *Non furtum facies!*

Et il ajoute encore : Vous ne direz point de faux
témoignage contre votre prochain. *Non loqueris con-*

tra proximum tuum falsum testimonium. Vous ne mentirez point par la voix éclatante de la presse, après avoir menti par la voix plus secrète de la diplomatie; vous ne pervertirez point la conscience des peuples; vous n'emploierez point la calomnie, à défaut de la force, contre le droit des petits et des faibles!

Voilà la justice internationale! Voilà le lien sacré qui crée et maintient la société des peuples!

L'histoire s'écrira un jour, j'en ai la certitude, comme elle ne s'écrit pas, comme elle ne s'est pas écrite dans le passé, — car, sous d'autres formes, les maux qui nous affligent ont affligé nos pères; — l'histoire parlera enfin comme la vérité. Elle dira que de telles iniquités ne sauraient être amnistiées par le succès; que le succès d'ailleurs n'est pas la loi des peuples, mais que c'est la justice; et qu'enfin tout cela n'est pas la gloire, mais le brigandage à l'état public!

Et l'histoire marquera mieux qu'elle ne l'a fait encore les frontières de la civilisation et de la barbarie... Je me suis trompé un jour, devant un autre auditoire, en Belgique. J'essayais de préciser ces limites, en les cherchant trop exclusivement au point de vue religieux; je disais: le Rubicon qu'on ne peut franchir sans tomber dans la barbarie, c'est le baptême. Les peuples baptisés, catholiques ou non, mais chrétiens, forment le noyau de la civilisation; les peuples non

baptisés, la zône immense de la barbarie... Eh bien !
l'histoire le dira, la civilisation a son règne dans toute
l'étendue territoriale de cette maxime de la jnstice
internationale : le droit prime la force ! Et quant à la
barbarie, son empire commence avec l'empire de
cette autre maxime : la force prime le droit !

TROISIÈME PARTIE. — Lien religieux.

I. Le droit cosmopolite établit entre les peuples une société
réelle, mais sans organisation positive. Le R. P. Hyacinthe
affirme que le lien extérieur et visible qui manque à cette société peut lui venir de la société religieuse universelle, ou, en
d'autres termes, de l'Eglise catholique.

On ne se déprend pas aisément de ses premiers
sentiments, et pour moi, je l'avoue, je suis demeuré
fidèle au rêve de mes quinze ans. Encore à présent
j'ai besoin de voir avec mes yeux, de toucher avec
mon cœur l'unité de ma race organisée et vivant sur
la terre. Je combats les illusions des humanitaires,
mais j'aime et je sers la grande vérité dont ils abusent.

Le R. P. Hyacinthe a fait observer que comme les sociétés
domestiques ne s'unissent point par un lien du même ordre
qu'elles, mais par le lien de l'ordre politique, de même aussi les
diverses sociétés politiques ne doivent pas chercher leur unité
dans un lien de même nature, mais dans le lien supérieur de
l'ordre religieux. La société religieuse universelle est la seule

qui puisse réaliser l'unité organique des nations sans blesser,
ou seulement menacer, leur autonomie légitime.

L'Église catholique, est cette société universelle
des âmes et des nations. J'en atteste son nom commenté par les faits. Dans ce qu'elles ont de respectable, je respecte les autres sociétés religieuses. Loin
de leur jeter l'injure, le leur ai tendu, je leur tends
encore la main. Mais elles sont les premières à en
convenir, et souvent elles s'en font un mérite, elles
n'ont point de prétentions universelles. Moins absolues que nous, elles ont cru devoir compter avec
les circonstances des temps et des lieux, avec le génie des races et les exigences des gouvernements.
Les unes, Eglises libres, s'adressent aux individus,
tout au plus aux familles ; les autres, Eglises officielles, cherchent à s'identifier avec les nations. Aucune n'a poussé l'audace jusqu'à se proclamer « l'Eglise de l'humanité », jusqu'à dire comme nous :
« Hors de mon sein librement délaissé, par quelqu'un
qui sait ce qu'il fait et veut ce qu'il sait; hors de mon
sein, point de salut ! »

Ah! j'ai trouvé le lien de l'unité des nations, le
nœud de la parfaite organisation du genre humain
sur la terre ! Je le tiens entre mes mains tremblantes ! Ce n'est pas un lien politique, et par conséquent tôt ou tard oppresseur ; c'est un lien spirituel et désarmé, dont la force vient de Dieu et réside

dans l'âme. Les nations n'ont rien à en craindre, tout à en espérer.

Quand le roi immortel de l'Église catholique parut devant Pilate, représentant de la puissance politique d'alors, le gouverneur romain s'informait avec anxiété des titres de sa royauté. « Êtes-vous donc roi? » lui demandait-il. Et Jésus répondait : « Vous l'avez dit, je suis roi. » Mais il ajoutait : « Mon royaume n'est pas de ce monde. » Son royaume en effet est dans ce monde, ou plutôt il y passe, mais en venant de plus haut et en retournant là d'où il vient. Il laisse à César ce qui est à César, c'est-à-dire la politique de la terre; il revendique pour Dieu ce qui est la part de Dieu, c'est-à-dire l'observation de la justice.

II. Après avoir établi que l'Eglise catholique, par sa nature de société tout à la fois universelle et spirituelle, est seule capable de réaliser l'unité des nations, le R. P. Hyacinthe s'est demandé comment elle accomplissait cette œuvre. Il a répondu que c'est de deux manières principales : 1° en se faisant l'organe supérieur et divin de la morale des nations comme de la morale des individus; 2° en créant par la religion des intérêts et des sentiments communs entre les peuples, et comme une patrie universelle qui réunit toutes les patries sans les confondre. C'est de la sorte qu'elle a réalisé l'admirable parole de saint Paul : *Gentes esse cohœredes et concorporales et comparticipes promissionis ejus in Christo Jesu per evangelium.* Les nations sont plus que solidaires; elles sont *concorporelles*, elles ne forment qu'un corps en Jésus-Christ.

Les bornes de cette analyse ne nous permettent pas d'entrer dans les développements que le R. P. Hyacinthe a donnés à ces deux assertions. Nous nous contenterons d'indiquer la conclusion de cette exposition et du discours lui-même.

La société cosmopolite a deux centres, centres religieux l'un et l'autre : Jérusalem et Rome ; Jérusalem qui a tout préparé, Rome qui doit tout achever. Ce sont là ces cités mystérieuses dont le prophète a dit, dans son langage énergique et profond, qu'elles sont comme le nombril de la terre, *habitator umbicili terræ* [1]. L'humanité, en se séparant d'elles, méconnaîtrait ses propres origines et ferait schisme avec le principe de sa vie et de son unité. Le miracle de l'unité des peuples, comme celui de l'unité des âmes, n'a pu s'accomplir que par l'alliance de Jérusalem et de Rome.

La vocation au christianisme n'est pas seulement la vocation des âmes, mais aussi la vocation des nations, et même elle a gardé ce nom dans le langage des Écritures : *Conversio gentium*. Peut-être les penseurs chrétiens n'ont-ils pas encore suffisamment approfondi ce fait : la bénédiction de tous les peuples promise à la race d'Abraham et réalisée dans le sang de Jésus. *In semine tuo benedicentur omnes gentes.*

Quoi qu'il en soit, à l'heure où la promesse allait s'accomplir, quand les nations avaient plus que jamais faim et soif non pas de l'unité romaine qui les opprimait, mais de l'unité meilleure qu'on entrevoyait

[1] Ezéchiel.

sans savoir la nommer, il y avait à Césarée un centurion de la cohorte italique, qui s'appelait Corneille,
homme religieux, né dans les ténèbres du paga-
nisme, mais cherchant Dieu dans toute la droiture
de sa raison et de son cœur. Or, pendant qu'il priait,
un ange du Seigneur s'approcha de lui et lui dit :
« Corneille, tes prières et tes aumônes sont montées
en la présence de Dieu. Envoie donc à Joppé, auprès
d'un Juif nommé Simon Pierre, qui loge en ce moment sur le bord de la mer, dans la maison d'un
autre Simon, corroyeur. C'est lui qui te dira ce que
tu dois faire. » Le centurion choisit trois hommes
sûrs et les dépêcha vers ce premier pape de l'Église
universelle, dont l'ange du ciel n'avait pas voulu
devancer la voix.

Simon Pierre avait faim, et tandis que l'on prépa-
rait son repas, il priait à l'étage supérieur, et tout à
coup l'extase tomba sur lui. Il voyait le ciel ouvert,
et comme un linge immense qui en descendait, re-
tenu par les quatre coins, et dedans, chose étrange !
les animaux immondes dont la loi de Moïse interdi-
sait l'usage : les quadrupèdes, les reptiles de la
terre, et les oiseaux de l'air. Et cependant une voix
lui disait : « Lève-toi, Pierre, tue et mange ! *Surge,
Petre, occide et manduca !*[1] » Loin de moi, Seigneur,
s'écriait le Juif fidèle, je n'ai jamais mangé rien

[1] *Actes des apôtres*, X.

d'impur ou de souillé. » Et la voix répondait :
« N'appelle plus impur ce que Dieu a purifié. »
Et par trois fois le vase mystérieux descendit et re-
monta au ciel. Et lorsque Pierre sortit de son extase,
les trois hommes l'attendaient à la porte ; et le
Saint-Esprit lui disait au fond de l'âme : « Suis-les
sans hésiter, c'est moi qui les ai envoyés. »

Messieurs, cette vision s'est continuée à travers
les siècles ; elle est toute l'histoire de l'Église et de
la papauté. Comme le premier d'entre eux, les pontifes romains ont regardé les nations non plus dans
le vase qui descendait du ciel, mais sur le sol agité
de ce monde. Ici les bêtes dissolues de la Rome im-
périale, là les bêtes féroces de la Scythie et de la
Germanie ; les unes respirant la volupté et faisant
entendre ce cri vraiment bestial : « *Panem et cir-
censes!* » Du despotisme, tant que vous voudrez,
mais du pain et des plaisirs ! Les autres respirant
le carnage, demandant du sang et préparant des
vengeances à l'empire abhorré !

Le premier regard fut peut-être d'horreur : le second fut d'amour. La papauté s'est levée en face de
ces monstres, et elle les a tués les uns après les autres.
Du glaive de la parole elle a frappé dans leur sein le
principe immonde de la vie du péché, l'égoïsme de
l'orgueil et des sens. Puis elles les a mangés. Lente-
ment, mais sûrement, pendant des siècles, elle
les a laborieusement incorporés au Christ, à ce

grand corps de la chrétienté de Charlemagne et de
Grégoire VII, dont nous sommes les fils. Et malgré
les blasphèmes de notre époque ingrate autant qu'a-
veugle, elle continuera ce magnifique festin du christianisme et de la civilisation. Lève-toi, Pierre, tue et
mange ! *Surge, Petre, occide et manduca !* Oui, lève-
toi, ô toi qui n'es pas seulement le pontife des consciences individuelles ou des foyers domestiques, mais
le pontife de toutes les nations, ô évêque des évêques,
lève-toi avec tous tes frères ! Levez-vous, hiérarchie catholique ; levez-vous, Église de l'humanité,
tuez et mangez ! *Occide et manduca !* Incorporez à
Dieu, à la vérité et à la justice, les nations rebelles
et puis reconnaissantes !

Et il viendra un jour — jamais il n'a paru plus loin
aux esprits superficiels, jamais aux cœurs fidèles il
n'a semblé plus près ; — il viendra un jour où, la
grande œuvre achevée, le pontife regardera le genre
humain non avec plus d'amour, mais avec plus de
joie qu'il n'en a jamais eu, et il dira : Mon fils ! Et
comme d'une même voix et d'un même cœur, le
genre humain répondra : Mon père

En ce jour-là, les promesses infaillibles de Dieu
auront rencontré dans les faits les aspirations in-
cessantes de l'homme. L'unité sera faite. Il n'y aura
qu'un pasteur et qu'un troupeau. J'attends et je suis
certain !

CINQUIÈME CONFÉRENCE

— 29 décembre 1867. —

DE LA GUERRE.

Monseigneur [1], Messieurs,

Si je jette un regard sur le chemin que nous avons parcouru, je marque le point de départ aux frontières de la société domestique, qui a fait l'objet de nos conférences de l'année précédente, et de la société civile, que nous nous étions promis d'étudier cette année. Après avoir essayé de définir les rapports de la famille et de l'État, nous avons constaté le caractère sacré du double élément qui forme les nations : le pouvoir, qui est essentiellement divin, et l'âme nationale, qui est essentiellement religieuse. Considérant ensuite que les nations sont multiples comme les familles, nous nous sommes demandé si elles n'étaient pas reliées à leur tour en une société supérieure ; et après avoir écarté le lien politique, qui n'est point propre à cette

[1] Mgr l'archevêque de Paris. — Assistaient aussi à cette conférence Mgr Hugonin, évêque de Bayeux, et Mgr Buquet évêque de Parium.

œuvre, nous avons admiré *la société des nations*, constituée à la fois, dans l'ordre naturel, par le droit des gens, dans l'ordre surnaturel, par l'Église catholique.

Aujourd'hui, messieurs, la logique me place en présence d'un fait aussi fréquent que terrible, et qui semble la négation de la société des nations : je veux parler de la guerre.

Arrêtons-nous au pied de cet arbre de mort, qui a pris une croissance si puissante et si vaste au sein du genre humain. Creusons à ses racines pour en découvrir la profondeur; remontons à l'entour de son large tronc pour atteindre sur ses rameaux les fruits de destruction, et parfois les fruits de salut que les nations y peuvent recueillir.

En d'autres termes, messieurs, je rechercherai avec vous, dans une première partie, les origines de la guerre, et dans une deuxième je m'efforcerai d'en pénétrer la nature et les résultats.

PREMIÈRE PARTIE. — Origine de la guerre.

I. Je ferai pour la guerre, cette loi de mort, ce que j'ai fait pour l'amour, cette loi de vie : j'en chercherai la racine première jusque dans les profondeurs de l'animalité. — On a dit de nos jours, au nom d'une fausse science, que les origines historiques de l'homme étaient dans l'animal. Sous toute erreur se cache une vérité, et, bien longtemps avant la science moderne, les Pères de l'Église avaient enseigné que l'homme doit contempler dans les espèces inférieures, non-seulement les crayons aussi variés que fidèles de son organisme corporel, mais l'ensemble complet des passions de son âme. Ce n'est pas sans raison que le Créateur a fait précéder notre apparition sur la terre par le règne prolongé de la brute. Pendant ces jours de la Genèse, qui furent sans doute des siècles et des milliers de siècles, l'animalité a été la préface nécessaire de l'humanité : Dieu l'écrivait alors, nous la lisons aujourd'hui. Eh bien, si je parcours la série de ces êtres qu'on a pu nommer, après François d'Assise, *nos frères inférieurs*, j'y vois partout la guerre. Dans les airs comme sur la terre, partout des cris de mort, partout du sang qui coule, des chairs déchirées et des os broyés ! Les profondeurs muettes de l'Océan ne cachent pas un autre spectacle. La guerre m'apparaît donc comme la loi même des rapports des êtres ; et si je devais formuler cette loi, je le ferais ainsi : La vie est faible et défaille en elle-même, elle a besoin d'un aliment ; la vie est féconde et déborde au dehors, elle a besoin d'une limite. Or Dieu a voulu que la mort lui fournît sa limite comme son aliment. Quelques chrétiens naïfs ont pu croire qu'avant le péché d'Adam, les animaux étaient étrangers à tout instinct féroce. Saint Thomas

d'Aquin leur a répondu depuis longtemps. La discorde entre les animaux n'est pas une suite du péché,
mais une condition de la nature. C'est ce souffle fier,
cruel, destructeur et conservateur à la fois, conservateur parce qu'il est destructeur, destructeur parce
qu'il est conservateur... le souffle qui respire dans les
entrailles mêmes de la vie ! Ce n'est pas le péché,
mais Dieu qui a fait ces choses ; c'est lui qui a étendu
la mort, et, avec la mort, la guerre d'un bout à l'autre de la création !

Et maintenant, fatigué de ce spectacle d'horreur,
— car c'est de l'horreur, après tout ! — si je relève
mes yeux vers cet autre monde... J'ai regardé le
monde inférieur, je vais regarder le monde supérieur, ce monde que la raison soupçonne, que l'expérience n'atteint pas, mais dont la révélation nous
raconte l'histoire, le monde des esprits. Il y a une
chaîne d'êtres corporels presque sans nombre, qui
s'étend au-dessous de moi ; comment, au-dessus de
moi — puisque je suis le microcosme, le centre et
le résumé du monde — n'y aurait-il pas une autre
chaîne d'êtres spirituels, d'individus et d'espèces
plus riches encore dans leur développement?...

Eh bien, monde des anges, vous, du moins, m'of-
frirez un spectacle de paix ! C'est le monde de la vérité ; la vérité crée l'ordre et l'ordre crée la paix...
Saint Augustin a défini la paix « la tranquillité de
l'ordre, *tranquillitas ordinis...* » Je trouverai la tran-

quillité de l'ordre se balançant majestueusement dans ces régions de la sérénité et de la lumière.

Mais non, messieurs, mais non ! et l'historien du monde supérieur nous parle de tout autre chose ! Il nous montre pour ainsi dire le souffle de l'animalité remontant d'en bas jusqu'en haut, et la discorde apparaissant au ciel. « J'ai vu, nous dit le prophète saint Jean, un grand dragon roux, couleur de sang, *draco magnus rufus*. » C'est celui dont Jésus-Christ a dit qu'il est homicide dès le commencement[1] ; c'est le père de la mort et l'inventeur de la guerre ! « J'ai vu un grand dragon roux qui entraînait dans les plis de sa queue la troisième partie des étoiles du ciel !... Et un grand combat se livra dans le ciel : d'un côté, Michel avec ses anges ; de l'autre, Satan avec les siens ; et Satan fut vaincu et précipité sur la terre. » Ce n'est pas seulement un combat de pensées, les pensées de la vérité s'opposant aux pensées de l'erreur ; ce n'est pas seulement un combat des cœurs, les inspirations des grands cœurs répondant aux révoltes ou aux défaillances des cœurs pervertis. C'est plus que cela ; c'est la force ! On a dit : force et matière. C'est vrai, force et matière ! mais ce qui est vrai aussi, c'est force et esprit ! Dans l'esprit de l'homme et dans l'esprit de l'ange il y a plus que la pensée, plus que le sentiment, plus que le commandement de la volonté ; il y a l'énergie substantielle, la force ! Et quand la force s'oppose à la force, il y a la guerre ! Satan n'a

---

[1] Évang. S. Jean, VIII, 44.

7

pas été convaincu, mais précipité, *projectus est in terram* [1].

Telle est l'origine *extra humaine* de la guerre. Le R. P. Hyacinthe croit qu'il faut remonter jusque-là pour expliquer son origine humaine.

II. J'en viens maintenant à l'homme. L'homme n'est ni ange ni bête, a dit Pascal ; mais comme le résultat d'un mélange étonnant, et si Dieu n'en était l'ouvrier, je dirais d'un mélange bizarre de l'ange et de la bête. Je trouve dans son être inférieur les instincts de la bête. Cette force de conservation et de destruction qui agite l'animalité tout entière, je la sens dans les veines de l'homme et jusqu'en ces régions de l'âme que la scolastique nous a si bien décrites, et où l'appétit concupiscible et l'appétit irascible s'appuient l'un sur l'autre et se fondent par moments en un seul. L'homme, il est vrai, avait reçu la raison pour dominer, réprimer et diriger ses passions ; mais voici que, touchant d'une part aux colères de la bête, il a touché de l'autre à l'orgueil de l'ange. Renversé sur la terre, l'ange a rencontré le berceau de l'homme et l'a inondé de son poison. Pervertie désormais, cette raison, qui devait tout gouverner pour le bien, a tout gouverné pour le mal ; et combinée avec les élans de la passion et les puissances de la matière, elle a porté la

[1] Apocalypse, XII.

guerre à des proportions qu'elle eût ignorées sans elle.

L'homme est le guerrier par excellence et, comme parle l'Ecriture, le robuste chasseur devant Jéhovah, *robustus venator coram Domino.* Aussi cette même Écriture a-t-elle défini sa vie entière un combat sur la terre, *militia vita hominis super terram.*

Combat au dedans de lui-même ! La bête et l'ange s'y livrent cette guerre que nous connaissons tous, où nous n'échappons aux étreintes des sens que pour tomber sous les serres de l'orgueil ! Combat dans la famille ! L'époux et l'épouse, les pères et les enfants divisés entre eux, et les ennemis de l'homme dans sa propre maison ! Caïn conduisant son frère Abel dans la campagne et se levant contre lui, *consurrexit Caïn adversus fratrem suum Abel ;* et versant pour la première fois ce sang que but la terre effrayée, et pour lequel elle n'a cessé de crier vengeance, *vox sanguinis clamat de terrâ.* — Combat enfin entre les races et dans la société tout entière ! En ces jours-là, dès le berceau du monde, il y avait des géants sur la terre : c'étaient les puissants du siècle et les hommes fameux, *isti sunt potentes a sæculo viri famosi ;* et leurs violences n'ont été châtiées par les flots du déluge que pour reparaître sous d'autres formes, sur ce globe, éternel champ de bataille.

III. D'après la nature même des origines de la guerre, on est en droit de conclure sa perpétuité au sein de l'humanité déchue. La guerre ne tient pas à des circonstances extérieures à la nature humaine, on ne saurait la ranger parmi ces imperfec-

tions sociales dont on peut attendre la disparition du progrès
de la raison et des mœurs : elle est un effet permanent du péché
originel.

La paix universelle, procédant du développement
indéfini de la nature humaine et de ce qu'on appelle
d'un grand nom, mais d'un nom trop souvent vide
de sens, *le progrès ;* la paix universelle est donc une
chimère. Chimère de nobles esprits, je le sais, chimère de cœurs généreux, mais qui n'ont compté ni
avec le christianisme ni avec la réalité !

Ah ! si l'on me parlait d'un progrès vers la paix
dans les idées, dans les mœurs et jusque dans les institutions des sociétés chrétiennes, tendant à rendre les
chances de la guerre de plus en plus rares et diffi-
ciles, je comprendrais ce langage et j'y applaudirais !
Je ne suis pas de l'école de ces catholiques qui ont
fait de la guerre une sorte d'idéal divin. La guerre,
c'est l'idéal du péché, je viens de le dire ; c'est l'idéal
de la brute et de Satan. La paix, au contraire, est
l'idéal du christianisme. Mais on n'atteint pas l'idéal
ici-bas, et même on ne s'en rapproche qu'autant
qu'on suit les voies qui y conduisent...

L'auteur de la paix, c'est celui dont nous venons
de fêter la naissance, nous les chrétiens, et vous peut-
être aussi, vous les rationalistes, dans les souvenirs
involontaires de votre berceau et dans la magie de
ces chants qui ont passé sur la nuit de Noël ! « Un
petit enfant nous est né, s'est écrié Isaïe ; le sceptre
est sur son épaule, *factus est principatus super hu-*

merum ejus, et on l'appellera le prince de la paix, *princeps pacis* [1]. Sous son règne les nations briseront leurs glaives et les changeront en socs de charrue ; le vêtement souillé de sang sera la proie des flammes, *erit in combustionem et cibus ignis.* »
Ah ! messieurs, le prophète ne dit pas que c'est la vieille humanité qui fera ces merveilles ; il affirme au contraire que c'est ce nouveau-né, jeune comme l'éternité d'où il vient et comme l'avenir où il va ! Père des siècles à venir, qui ne ressembleront pas aux siècles passés, sur son berceau les anges chanteront : Gloire à Dieu dans le ciel, et paix sur la terre aux hommes de bonne volonté ! Et sur son tombeau entr'ouvert, dans la splendeur de sa résurrection, lui-même, vainqueur de la mort, du monde et de l'enfer, dira à ses disciples : Ne craignez pas, la paix est avec vous !

DEUXIÈME PARTIE. — De la nature et des effets de la guerre.

Ayant à étudier la nature de la guerre le R. P. Hyacinthe constate dès le début une nouvelle application de ce dualisme mystérieux qui gouverne le monde créé, et surtout le monde déchu. Il y a deux guerres : la *guerre païenne* et la *guerre chrétienne.* La guerre païenne est la force au service de la passion, depuis les emportements de la vengeance jusqu'aux calculs de l'ambition. La guerre chrétienne est la force au service du

[1] Isaïe, IX, 6.

droit, soit que l'on défende son droit personnel, soit que l'on intervienne en faveur du droit d'autrui.

I. La guerre païenne, ou la force au service de la passion.

J'ai voulu éviter l'empire universel. Je le retrouve aujourd'hui au cœur de mon sujet, et force m'est cette fois de m'arrêter devant lui.

L'empire universel se confond avec la guerre païenne. Le glaive est son instrument, ce glaive de la conquête qui ne dit jamais : assez ! parce qu'il est dans la main de la plus ardente et de la plus froide des passions humaines : la domination ! — Nabuchodonosor, roi des Assyriens, ayant défait dans une grande bataille son puissant voisin le roi des Mèdes, sentit son cœur s'élever en lui-même et jura par son trône qu'il étendrait au loin son empire. Il convoqua donc ses conseillers et ses généraux, et tint dans son palais ce que l'Ecriture a si bien nommé le mystère de son conseil : *habuit cum eis mysterium consilii sui*[1]. Ces politiques-là, en effet, ont besoin de mystère ; elles craignent le grand jour, et nous savons pourquoi. Car le secret de Nabuchodonosor n'en est plus un ; il a passé d'empire en empire, de cabinets en cabinets, et il est aujourd'hui l'objet du mépris et de l'indignation du monde entier. *Dixitque cogitationem suam in eo esse, ut omnem terram suo subjugaret imperio.* Le voilà, ce secret ! la voilà, cette pensée superbe autant qu'inepte : dominer sur l'univers

[1] Judith, II.

entier ! Il appelle Holopherne, le chef de ses milices . « Marche, lui dit-il, contre les peuples de l'Occident, contre ceux-là surtout qui ont osé résister à mes ordres ; prends toutes les villes fortes, dompte tous les royaumes. » Holopherne obéit, et ses armées sans nombre se répandent comme des sauterelles sur la face de la terre ; partout elles portent, avec la dévastation et la mort, la terreur du nom de Nabuchodonosor, roi des Assyriens. Mais voici qu'au milieu de ces peuples d'esclaves se rencontre un de ces petits Etats qu'on méprisait déjà, et dans ce petit Etat, une bicoque cachée dans les montagnes de la Palestine et ignorant le luxe des cités de l'Asie. Au foyer de ses pères, sous le cilice et dans la cendre, une jeune veuve y pleurait son époux et y priait son Dieu. Judith se lève, au nom de la patrie menacée ; armée de sa chaste beauté et de son courage inspiré, elle marche seule au camp des barbares, et n'en revient que tenant dans ses mains de femme — j'allais dire dans ses mains de vierge — la tête du tyran ruisselante de sang.

Honneur à la petite Judée ! c'eût été grand dommage qu'elle fût devenue une province de cet empire des Assyriens, avec lequel elle avait d'ailleurs tant de rapports d'origine et de langue ! Sans elle, nous ne serions ni chrétiens ni Français, et nous ferions partie de cette immense agglomération de peuples qui fut l'empire romain.

Honneur aux petits États ! c'est Dieu qui les a faits, et j'espère bien qu'il ne les laissera pas détruire. Car sa providence préside à l'histoire, et c'est elle qui les a placés entre les grands États comme la négation de l'empire universel, comme l'obstacle pacifique aux chocs de leur puissance, aux projets de leur ambition.

Les petits États ! mais c'est le droit sous sa forme la plus touchante et la plus sacrée, le droit faible et désarmé !

Les petits États ! mais ce sont les foyers de la civilisation la plus brillante, depuis ces villes de la Grèce antique qni nous ont donné Eschyle et Sophocle, Aristote et Platon, jusqu'à ces républiques de l'Italie moderne à qui nous devons la Renaissance.

Ce rêve de l'empire universel, qui faisait pleurer Alexandre à la pensée que le monde avait des bornes tandis que son ambition n'en avait pas, a pris plus tard une autre forme.

On connaît mieux la terre aujourd'hui ; on sait que son étendue se refuse à un seul empire ; mais on la partage en vastes zones dont chacune représente un monde. Il y a le monde slave, le monde germanique, le monde américain, pour n'en pas nommer d'autres. Or dans l'étendue de chacun de ces mondes on s'efforce de rapprocher les peuples en les arrachant aux liens sacrés de l'histoire et des traités ; on en appelle au droit naturel des races, et, s'il est nécessaire, à une mission supérieure et mystérieuse comme le destin. Et tandis qu'on essaye de fondre les royaumes et les nations dans les creusets de cette alchimie nouvelle, les faux sages s'écrient que c'est là le progrès !

Et moi je dis que c'est rétrograder vers les âges barbares ! — Je reviens à mon livre, à ma Bible inspirée. Daniel les a vus, ces empires géants, dans l'avenir comme dans le passé, et pareil à saint Pierre, dans son extase, il les a vus sous la forme des bêtes. « En la première année de Balthazar, roi de Babylone, Daniel eut un songe, et voici la vision de sa tête pendant qu'il dormait sur sa couche, telle qu'il l'écrivit depuis dans le volume de Dieu.[1] » Il voyait le genre humain dans son image la plus naturelle, une mer immense et houleuse, et la nuit au-dessus; et sur cette mer et dans cette nuit, les quatre vents du ciel se livraient des combats furieux. *Ecce quatuor venti cœli pugnabant in mari magno.* Le prophète regardait la tempête, et voici que du sein des flots il voyait s'élever quatre bêtes monstrueuses. L'une paraissait une lionne, mais elle avait des ailes, et ses colères étaient portées d'un bout du monde à l'autre avec la rapidité de l'aigle. L'autre était comme un léopard ; elle avait quatre têtes, et les quatre parties du monde s'inclinaient devant elle. Puis venait l'ours du septentrion ; trois rangs de dents armaient sa gueule, et Daniel entendit une voix qui disait :

---

[1] Daniel, VII, 4.

Lève-toi et mange beaucoup de chairs, *surge comede carnes plurimas!* Et pendant que l'ours se levait pour son hideux festin, un autre monstre paraissait derrière lui, plus terrible et plus étrange que tous ceux qui l'avaient précédé. Ses dents comme ses ongles étaient de fer : il ne mangeait pas, il broyait, et quand il avait broyé dans sa gueule sanglante, il foulait aux pieds les restes de sa victime! La bête portait au front une corne grandissante, symbole de la force brutale; et cette corne, siége aussi de l'orgueil de l'esprit, avait les yeux d'un homme, et une bouche de blasphèmes qui disait de grandes choses, *os loquens ingentia,* et qui parlait contre la justice et contre Dieu.

Assez, assez, sombres visions! Je vous ai vues, moi aussi, non pas dans la prophétie, mais dans l'histoire!...

II. La guerre chrétienne, ou la force au service du droit.

« Je regardais, continue Daniel, — et cela est écrit des siècles avant Jésus-Christ; — je regardais dans la vision de nuit, et voici que sur les nuées du ciel venait comme le Fils de l'homme, il s'avança jusqu'à l'Ancien des jours et parut devant sa face. Et il reçut la puissance et l'empire : tous les peuples et toutes les langues lui obéiront, et son royaume ne sera point détruit [1]. » Sur les ruines de ces domi-

---

[1] Daniel, VII, 13, 14,

nations violentes, le Rédempteur est venu établir cet empire nouveau, où toutes les nations, en gardant leur indépendance, deviennent pourtant un seul peuple de Dieu. C'est la civilisation chrétienne, ou, comme on disait autrefois, la chrétienté : empire pacifique de sa nature, puisqu'il n'a point à se propager par le glaive, mais qui devient guerrier quand il lui faut se défendre contre ses ennemis. Le Fils de l'homme est le prince de la paix, et cependant les prophètes lui ont vu entre les dents le glaive à deux tranchants...

C'est ce glaive matériel que Dieu n'a pas remis aux mains pacifiques des chefs de son Église, mais qu'il a confié au pouvoir dans les sociétés politiques, empires ou républiques. Ce glaive a pour mission unique de défendre la justice contre les agressions violentes. Le R. P. Hyacinthe se demande pourquoi il est nommé le glaive à deux tranchants.

Parce qu'il y a deux sortes d'attaques contre la civilisation chrétienne ; deux barbaries qui la menacent, l'une au dehors, l'autre au dedans !

Toute agression injuste aux frontières d'un peuple est une barbarie. Il faut donc que la nation, dans la personne de ceux qui la représentent et la gouvernent, puisse tirer le glaive et frapper le barbare. Le droit des individus peut demeurer quelquefois désarmé sous l'oppression des forts, et c'est alors qu'il réserve à la justice son plus sublime triomphe : le martyre. Il n'en est pas de même du droit des so-

ciétés : pour elles ce ne serait plus de l'héroïsme
moral, mais une faute autant qu'un déshonneur, de
tendre la joue gauche après qu'on les a souffletées
sur la droite. Un grand patriote italien l'a dit :
« L'indépendance est aux nations ce que la pudeur
est aux femmes. Qu'importent les autres vertus,
quand celle-là vient à manquer [1] ! »

. . . .

Au-dedans, il est une autre barbarie. Ce n'est
point celle de la nation. La nation n'a point à se
défendre contre elle-même, elle est conservatrice
autant que libérale ; assise dans la dignité de ses
foyers, ce qu'elle déteste plus encore que la guerre
extérieure, c'est la guerre intestine... Mais il y a eu
de tout temps, et surtout il y a dans les heures mau-
vaises, une minorité sans liens avec les intérêts et avec
les devoirs, et qui, impuissante dans l'ordre des idées,
est toujours prête à en appeler à la violence. Avec
cette barbarie du dedans, tant qu'elle n'attaque pas,
l'épée n'a rien à voir : c'est même un principe chez
les peuples libres que la force armée n'a point à in-
tervenir dans la police intérieure, et chez nos voisins,
que j'ai souvent cités, le constable a pour insigne
exclusif et pourtant obéi, la baguette de la loi. Mais
si la rébellion court aux armes, il faut que la nation,
et le prince à sa tête, tirent contre elle ce glaive dont

[1] César Balbo. *Les Espérances de l'Italie.*

l'apôtre a dit : « Ce n'est pas sans raison que la puissance porte le glaive, car elle est le ministre de Dieu pour exécuter sa vengeance, en punissant celui qui fait le mal [1]. »

Tel est le caractère essentiellement défensif de cette guerre chrétienne, où la force est exclusivement au service du droit. Le R. P. Hyacinthe en a conclu la dignité du soldat et la grandeur de son rôle dans la civilisation chrétienne. Il a surtout glorifié dans l'armée ce sentiment de la hiérarchie et de la discipline, qui, de nos jours, tend à s'affaiblir dans le reste de la nation.

Je n'ai jamais appelé liberté l'insulte et la révolte : pour moi, la liberté, c'est la dignité de l'homme qui s'incline devant sa conscience, et par conséquent devant la loi et devant le magistrat. On n'est pas libre sans savoir obéir. Eh bien ! ce grand sens de l'obéissance se perd parmi nous, et nous avons besoin que l'armée nous le conserve. Ce ne sont pas des esclaves, messieurs, ce sont des soldats, et des soldats français ! Il y a eu des prétoriens à Rome : en France il n'y aura jamais que des soldats ! des soldats qui trouvent dans l'épée sur leur cœur, dans le drapeau sur leur tête, la double leçon de l'obéissance et de la fierté !

III. En traitant de la nature de la guerre, le R. P. Hyacinthe n'a indiqué que très-imparfaitement ses effets. Ce serait le sujet

[1] *Epître aux Romains*, XIII. 4.

de tout un discours. Les effets immédiats sont toujours des-
tructeurs, et c'est pourquoi les paroles suivantes devraient être
un axiome de la sagesse des nations : « Celui qui a fait croître
deux brins d'herbe là où il n'y en avait qu'un seul, a fait plus
pour l'humanité que le conquérant qui a gagné vingt batailles. »
Toutefois la Providence, habituée à tirer le bien du mal, a souvent placé dans la guerre le principe de la régénération morale
des sociétés.

Ce sont ces bienfaits terribles, mais incontestables,
que je voudrais indiquer d'un mot en finissant.....
Mon Dieu ! comment dirai-je?..... Il est des heures
dans la vie des nations où la paix devient pour elles
un danger, presque un fléau. La richesse est trop
souvent fatale aux individus, non pas qu'elle soit un
mal, elle est au contraire un très grand bien ; mais
parce que l'homme mauvais abuse du bien lui-
même, surtout quand ce bien sourit à ses passions.
Aussi la Sagesse divine a-t-elle dit : « Bienheureux
les pauvres ! Il est difficile aux riches d'entrer dans
le royaume des cieux. » La paix est un bien encore
plus excellent, et toutefois, par l'abus qu'en font
les peuples, elle peut leur être aussi funeste que la
richesse aux individus. La paix, du reste, développe la richesse et la fait circuler dans le corps social ; puis avec la richesse, elle développe le luxe
dans la vie privée comme dans la vie publique, et
surtout chez les femmes où il revêt son caractère le
plus séduisant et le plus corrupteur. Cependant,
comme dans un sépulcre splendide et infect, les

mœurs se décomposent dans ce calme effrayant. A
côté d'eux, l'intelligence se décompose aussi. J'ai
quelquefois rapproché les sophistes des courtisanes : je ne devrais plus le faire, si je songeais à
l'art dans cette chaire. Mais je n'ai point souci de
l'art, et je veux avant tout mettre à nu des plaies
qu'on s'obstine à cacher. Oui, pendant que le luxe
dévore les entrailles d'une nation, pendant qu'au
sein de cette dissolution croissante, les courtisanes
élèvent de toutes parts leurs têtes superbes, comme
les vers sur le cadavre qui les nourrit, il surgit une
autre engeance de corruption et de mort qui s'attache non plus au cœur, mais au cerveau : les sophistes, à la fois corrupteurs de la raison publique et de
la langue qui lui servait d'organe. Ils s'attaquent
successivement aux plus grands mots de cette
langue, liberté, progrès, civilisation, morale, et
Dieu lui-même ; et dans les vases de la parole, à la
place du parfum de la vérité, ils laissent un poison
mortel. Ils prennent à tâche de pervertir toutes les
idées droites, et de les remplacer par des abstractions sans précision et sans réalité. Puis, au milieu
de ces fantômes qu'on poursuit dans le vide, qu'on
embrasse dans la volupté des rêves, comme
Orphée embrassait Eurydice aux portes de l'enfer,
des esprits en démence s'écrient : Des faits! des faits!
les hypothèses étaient pour nos aïeux : pour nous
les faits et la réalité !

Des faits! Mais les voici : l'ennemi à nos portes, notre honneur insulté, notre indépendance menacée! S'il faut tout cela pour nous arracher à ceux qui nous perdent, Dieu nous l'accordera, parce qu'il nous aime et veut nous sauver malgré nous. Des faits! voici les faits qui dissipent l'ivresse des abstractions, qui rendent à un peuple le sens de la réalité : la guerre! la victoire ou la mort! Le drapeau de la France tout troué de balles, tout rouge de sang qui pend, glorieux haillon, mais ne recule pas! Les femmes de la France qui se lèvent, indignées, derrière leurs époux et leurs fils, et chassent du fouet de leur colère et de leur dégoût les courtisanes pêle-mêle avec les sophistes!.... Place à la sœur de charité qui vient panser les blessés au champ de bataille! place au prêtre catholique, qu'on a méconnu, qu'on a appelé l'homme du passé, l'homme de l'étranger, tandis qu'il était l'homme de la nation dans son présent comme dans son passé : le voici pour absoudre, pour serrer dans ses bras, pour couvrir de ses larmes et de ses baisers ceux qui vont mourir et qui n'ont pas leur mère !

Aux approches de ces jours, comme au temps des calamités d'Israël, on dit : la paix, la paix ! pendant que le Seigneur, peut-être, a dit : la guerre ! Les souverains vont au devant l'un de l'autre et s'appellent : mon frère ! et comme s'ils en doutaient, le répètent encore. Les peuples leur font écho. Des rives de l'Atlantique aux bords de la Méditerranée, les intérêts coalisés protestent contre la guerre, tantôt par le morne silence des affaires, tantôt par les plaintes bruyantes des ouvriers. Les hommes de la parole et de la plume appuient les intérêts au nom des idées, et encore une fois le monde entier s'écrie : la paix ! Et pourtant, comme sous le coup d'un orage, on respire la foudre dans l'air, les peuples sentent aussi dans leur atmosphère je ne sais quelle électricité terrible, et ce que Jésus-Christ a nommé des opinions de guerres, *opiniones bellorum*.

Fils de Bethléem, père du siècle futur, prince de la paix, oh! donnez-nous la paix, la véritable paix ! Dissipez ces opinions de guerres, sauvez chaque nation par elle-même, régénérez la France par ses propres enfants ! Elle est si grande encore, elle pourrait être si paisible et si prospère, si on la laissait à ses véritables instincts !

Mais s'il était trop tard, grand Dieu, si dans votre sagesse vous en aviez décidé autrement, rendez-nous sur les champs de bataille la foi que nous avons reçu sur un champ de bataille, cette foi de Tolbiac qui a fait notre grandeur et qu'on veut nous ravir. Faites couler dans la guerre le sang de nos jeunes hommes, trop précieux pour se tarir dans la stérilité, pour se corrompre dans les plaisirs d'une indigne paix. Sortez du fourreau, glaive du Seigneur et de la France, *gladius Domini et Gedeonis*, sortez et faites votre œuvre : faites-la vite et faites-la complète !

Et maintenant, ô épée du Seigneur, *ô mucro Domini,* rentrez dans le fourreau, refroidissez-vous et faites silence ! *Refrigerare et sile !*

SIXIÈME CONFÉRENCE.

— 5 JANVIER 1868. —

DE LA CIVILISATION.

Monseigneur, [1] Messieurs,

Les nations forment entre elles une société supérieure si intime et si nécessaire que la guerre elle-même, avec ses discordes et ses horreurs, ne suffit pas à la détruire. Mais n'ont-elles pas aussi une œuvre commune à accomplir, fruit du développement de chacune et des rapports de toutes ? Poser cette question, c'est y répondre, et vous avez nommé la Civilisation.

La civilisation est un mot vague, je le sais, comme tous ceux qui désignent des idées générales ; un mot sujet par conséquent aux interprétations les plus diverses, et trop souvent aux abus les plus redoutables. Est-ce un motif pour l'abandonner ? Et parce qu'il plaira à des esprits infirmes ou pervers de toucher à tout pour tout flétrir, faudra-t-il leur laisser déflo-

[1] Mgr l'archevêque de Paris.

rer une langue et corrompre à leur aise ses plus
nobles paroles et ses plus légitimes idées ? Je ne le
pense pas, Messieurs, et voilà pourquoi je garde le
mot *civilisation* et je m'efforce de le définir.

La civilisation me semble être au corps social ce
qu'est la santé au corps humain : le résultat d'une
harmonie pratique entre les fonctions des organes et
les lois de la vie ; et par là même, la barbarie m'apparaît comme un état morbide, où les principes con-
stitutifs de l'ordre social sont habituellement mé-
connus et violés. Je définirai donc la civilisation
l'état des peuples dont l'activité, réglée par la justice,
se développe dans le bien-être matériel et moral, ou,
en d'autres termes, la pratique des nations vertueu-
ses et prospères.

La civilisation est multiple autant que complexe :
complexe, parce qu'elle renferme plusieurs éléments;
multiple, parce qu'elle se réalise sous plusieurs formes. Aussi devons-nous écarter tout d'abord ce
moule absolu, qu'une certaine école voudrait imposer à l'humanité tout entière. Une forme unique
ne saurait convenir à tous les pays et à tous les
temps, ni, dans le même temps et le même pays, à
toutes les classes. Nous n'avons pas en Europe de
castes exclusives et fermées, mais nous avons et
nous aurons toujours des classes. — Or je distingue
deux formes principales de la civilisation, qui feront
la division de ce discours : l'une répondant aux be-

soins de la grande majorité des hommes, embrassant
les éléments primitifs et indispensables de l'ordre public, et formant comme la base immense de la pyra-
mide sociale ; l'autre concentrant dans un nombre
de mains relativement petit ce que je nommerai les
forces accessoires de la civilisation, et faisant res-
plendir au sommet de l'édifice une magnificence,
qui, pour appartenir à quelques-uns, n'en tourne
pas moins au profit et à l'honneur de tous.

PREMIÈRE PARTIE. — Des lois essentielles de la civilisation.

Le R. P. Hyacinthe a prouvé que, dans sa forme primitive et
essentielle, la civilisation résulte de l'accomplissement de trois
grandes lois : loi de l'amour dans la famille, loi du travail dans
les champs, loi de la prière dans les temples.

I. *Loi de l'amour dans la famille.*

J'ai parlé de l'amour dans la famille. Quelques-
uns ont trouvé que je l'avais trop fait : je me repro-
cherais plutôt de ne l'avoir pas fait assez. Montrer
l'indissoluble union de l'amour et de la famille, c'est
la tâche la plus noble et la plus nécessaire que puisse
s'imposer un esprit sérieux, et surtout un prêtre ;
et, pour ma part, je n'ai jamais compris ces théologiens sans génie et sans cœur qui méconnaissent ce
grand sentiment de l'âme humaine et semblent

craindre de déshonorer leurs lèvres en prononçant
son nom. J'ose affirmer qu'ils ont, sans le vouloir,
préparé le règne des écrivains sans conscience qui,
séparant à leur manière la passion du devoir, ont
exalté l'amour sans en comprendre la dignité, et lui
ont fait cette suprême injure de le confondre avec le
caprice ou la volupté. Quand il ne se tourne pas
uniquement vers le ciel, en devenant la virginité,
l'amour ne peut fleurir qu'au sanctuaire domestique,
de cette double floraison si charmante et cependant
si grave et si pure : le mariage et la paternité.

Quoi qu'il en soit, je n'ai pas, pour le moment,
à revenir sur cet important sujet ; je me borne à
observer que, dans toutes les sociétés prospères, la
vie publique est subordonnée à la vie privée. Cela
n'est pas vrai seulement en ce sens que l'État,
ayant pour mission de protéger les droits de la famille, se trouve à son égard dans la relation du
moyen à la fin, et qu'il est de la nature du moyen
de se subordonner toujours et partout à la fin ; mais
cela suppose encore que les citoyens eux-mêmes
concentrent au foyer domestique la meilleure part
de leur activité, persuadés que si pour servir digne-
ment et utilement l'humanité, il la faut servir avant
tout dans la patrie, de même aussi il faut servir
et aimer la patrie dans la famille ! Là se passe surtout le drame de la vie humaine, délicieux et poi-
gnant comme les passions légitimes du cœur, grave

comme le devoir, actif comme l'intérêt, qui est un devoir aussi, calme et recueilli comme l'étude et la prière. C'est donc pousser une nation dans une direction pleine de mensonge et de péril que d'ouvrir exclusivement, ou même principalement, devant elle les perspectives de la vie politique. Sans doute la vie d'un grand peuple est à ses comices et à sa tribune, mais avant tout elle est à ses foyers! Qui nous donnera des philosophes pour enseigner ces choses, des écrivains et des artistes pour les peindre, des hommes surtout pour les pratiquer! Ah! regardez de l'autre côté des Alpes, cette petite Suisse, notre voisine, pays de la famille et du travail, de la vie simple, honnête et heureuse, pays aussi de la démocratie libre et traditionnelle! Et vous, démocratie française, parce que vous méconnaissez la famille autant que la religion, vous en êtes encore, après quatre-vingts ans, aux langes pleins de cris et de sang de votre impuissant berceau!

II. *Loi du travail dans les champs.*

En abordant cette loi du travail, qui a des rapports si étroits avec la loi de la famille, le R. P. Hyacinthe a remarqué qu'elle est exclusivement propre au genre humain. En règle générale, l'animal laissé à lui-même ne travaille pas, tandis que l'homme a reçu dans sa création même la glorieuse obligation du travail : *posuit eum in paradiso voluptatis, ut operaretur et custodiret illum* [1]. Considéré dans les masses le travail s'exerce par

---

Genèse, II, 15.

les mains et sur la matière, et pour préciser encore c'est l'a-
griculture : *in sudore vultûs tui vesceris pane* [1].

L'agriculture est donc une des lois principales de
la civilisation; et puisque, à l'heure même où je
parle, une cérémonie nationale s'accomplit en son
honneur [2], qu'il me soit permis d'insister sur son im-
portance trop souvent méconnue. Je voudrais ne
séparer jamais les intérêts de la religion de ceux de
la patrie. Je sais que certains esprits trouvent dans
ce rapprochement un danger, ou tout au moins une
inconvenance : pour ma part, j'y vois simplement
le devoir du chrétien et du citoyen.

Je dis que l'agriculture est l'élément primitif et
principal de la civilisation, et cela pour trois raisons.
D'abord, parce qu'en faisant passer l'homme de l'é-
tat nomade à l'état sédentaire, elle devient le point
de départ, ou du moins la condition essentielle des
sociétés civiles. Ensuite, parce qu'elle produit l'œuvre
par excellence de la civilisation dans l'ordre matériel, base lui-même de l'ordre spirituel, je veux dire
le pain. Enfin, parce qu'elle retient les peuples dans
le séjour qui leur est le mieux approprié, loin des
villes et dans les champs.

1° L'agriculture est le point de départ des sociétés civiles.

Avant elle, je vois des tribus nomades, tribus de

---

[1] Genèse, III, 19.

[2] La distribution des récompenses de l'Exposition universelle de 1867
pour l'agriculture.

chasseurs et surtout de pasteurs. Ce ne sont point
des sauvages, je l'ai dit, et nous avons admiré leur
genre de vie sur les hauts plateaux de l'Asie, au pays
des grandes herbes, comme dans les pages de la Genèse, sous les tentes d'Abraham, d'Isaac et de Jacob. Mais ce ne sont point des civilisés non plus, au
sens où je prends présentement ce mot, puisqu'ils
ne sont point organisés en sociétés civiles. C'est l'a-
griculture qui fixe le nomade, qui l'arrête à la prai-
rie, au bois, au vallon, dont la richesse ou la beauté
lui ont souri davantage. Le nomade assoit sa tente,
dresse la borne de son partage et contracte avec le
sol cette alliance stable d'où naissent aussitôt deux
faits si grands et si féconds eux-mêmes : l'organisation de la propriété et celle du travail. La propriété
existait déjà : la famille possédait sa tente et les ob-
jets abrités par sa tente. Le travail existait aussi :
les pasteurs élevaient leurs troupeaux. Mais ni le
travail, ni la propriété n'étaient organisés. Or, dès
qu'ils le sont, les intérêts mis en présence en viennent bientôt aux mains, et avec eux les droits : car
c'est l'honneur particulier de l'homme qu'au fond
de tout intérêt il y ait pour lui un droit ; et de cette
collision de tous les intérêts et de tous les droits résulte le besoin plus vivement senti d'un arbitrage
commun, d'un pouvoir central et souverain, de la
société civile en un mot.

2° L'agriculture est la créatrice du pain.

La science moderne analyse le pain et nous y dé-
couvre des merveilles : mais elle n'a achevé ni de
les voir, ni de les dire [1]. Elle nous a montré toutefois le blé, ce nourricier des peuples, discernant
dans le sol, comme par un instinct infaillible et puissant, les traces imperceptibles des éléments nécessaires à notre corps, le phosphore, par exemple, essentiel à nos os ; et puis les concentrant dans une
riche et généreuse substance : le froment. Le froment, lait de la terre à l'homme, comme le lait est le
pain de la mère à l'enfant, aliment royal des peuples
civilisés ! Je sais bien qu'il ne l'est point partout,
mais c'est une des causes qui nous placent, nous oc-
cidentaux et chrétiens, au degré supérieur de la civilisation.

Nourriture du corps, le pain l'est, en un sens, de
l'esprit lui-même. Faites les fiers tant qu'il vous
plaira, hommes de l'idée, toujours est-il que votre intelligence s'éteindrait dans le vide si le sang ne montait au cerveau, comme l'huile dans la lampe, pour y
devenir l'aliment authentique de cette flamme de la
pensée qui éclaire et réchauffe le monde, lorsqu'elle
ne le consume pas ! Or le sang puise dans le pain
sa sève la meilleure, et conséquemment le dévelop-

[1] Voir le remarquable *Rapport sur les commerces du blé, de la farine
et du pain*, par M. Le Play. Paris, in-4°, 1860.

pement du génie, comme celui de la richesse, a son principe dans un grain de froment.

Oui, toute vie est dans le pain : la vie matérielle comme dans sa substance, la vie intellectuelle comme dans son instrument, la vie religieuse comme dans son symbole ; et pour en finir avec ses gloires, il faut le suivre jusque sur l'autel catholique où il devient, entre les mains du Christ, dans le plus étonnant des mystères, la nourriture éternelle des âmes et le centre magnifique de la religion du genre humain ! « Voici le pain de Dieu, qui donne la vie au monde » [1].

3° L'agriculture retient la civilisation sur son principal théâtre, qui est la campagne.

Je ne voudrais pas être injuste envers les villes : je ne les nommerai pas, avec le poëte, « les étables des nations » [2], et je n'attends pas, comme lui, leur disparition dans l'avenir. Quels que soient en effet les vices et les misères qu'elles recèlent et qu'elles enfantent, les villes sont des centres nécessaires et glorieux de la vie des peuples. Seulement ce sont des centres exceptionnels. Le véritable théâtre que la Providence a préparé à l'activité des sociétés n'est pas la ville, mais la campagne. C'est là qu'elle a

---

[1] *Evangile de saint-Jean*, VI, 33.
[2] M. de Lamartine.

réuni, avec une sorte de luxe, les conditions les
plus favorables à la santé du corps et de l'âme.
C'est là que les populations ouvrières réalisent
plus aisément l'alliance féconde du bonheur et de
la vertu, tandis que les classes supérieures, s'y pré-
servant elles-mêmes de la corruption, trouvent à
exercer sur une vaste échelle cette influence de la
fortune et de l'éducation, qui devrait être leur jouissance la plus vive comme elle est leur devoir le plus
sacré. L'absentéisme des riches, qui a précédé celui
des paysans, a été le commencement de nos fléaux :
nous n'y porterons remède qu'en reprenant sous des
formes nouvelles, appropriées à la société actuelle,
les traditions de la vie de chaumière et de château.
Nous ne décentraliserons efficacement qu'après avoir
fait pénétrer cette conviction dans les esprits et plus
encore dans les cœurs : la meilleure habitation de
l'homme n'est pas dans les capitales, ni même dans
les villes de province, mais à la campagne. Aussi,
lorsque je vois, au sein d'une nation, s'établir un
courant contre nature, la population se déplacer
d'une manière fatale, et, si je l'ose dire, le sang du
corps social se porter tout entier vers la tête, je
redoute les plus grands malheurs ; je refuse d'ap-
plaudir à des splendeurs factices, et je m'écrie
enfin, comme Henri III, en présence de cette capitale déjà trop vaste : Paris, tête trop grosse pour la
France qui la porte !

III. *Loi de la prière dans les temples.*

La loi de la famille et celle du travail font acheter leurs joies au prix de bien des sacrifices ; et l'homme ne saurait longtemps s'y soumettre sans le secours de la religion. La loi de la prière, obligatoire en elle-même, l'est donc encore au point de vue des deux autres lois, dont elle sauvegarde l'accomplissement.

J'aime les faits, surtout quand ils unissent la poésie, la morale et l'utilité. Si vous le permettez donc, j'invoquerai de nouveau l'exemple de ce petit peuple basque, aux frontières duquel s'est passée mon enfance. Grâce à un système d'habitations isolées, grâce à leurs libertés séculaires plus larges et plus pratiques que nos libertés modernes, grâce surtout à leurs traditions morales et religieuses, les Basques, dans un pays montagneux, peu favorable à la culture, ont réalisé l'idéal de la vie rurale; et sous ce ciel de la Biscaye, le plus triste de l'Espagne, ils donnent le rare spectacle d'un peuple content et joyeux, dédaignant la richesse et ignorant la pauvreté. Chez eux, la sécurité est si grande que les bestiaux et les fruits peuvent demeurer sans crainte des voleurs, au milieu des champs, parce qu'ils sont, comme on l'a si bien dit, sous la garde du septième commandement de Dieu.

Le R. P. Hyacinthe a particulièrement insisté sur l'observa-

tion du dimanche comme réalisation de la loi sociale de la
prière. Le dimanche observé par les paysans dans la prière et la
joie, au double sanctuaire de la famille et de l'église, est le
signe de la civilisation ; comme au contraire, dans nos grandes
villes, le dimanche violé dans le travail et le blasphème, le
lundi fêté dans l'orgie sont les symptômes de la barbarie la plus
abjecte.

Je ne peux me défendre d'un rapprochement, qui
est tout à la fois un contraste et une harmonie. Cette
cité, illustre à tant de titres, et sous bien des rapports la tête du monde civilisé, a toujours reconnu
pour sa patronne une humble paysanne, la bergère
Geneviève. A travers les vicissitudes des siècles, le
cœur des Parisiens lui est resté fidèle, et chaque jour
encore, autour de sa châsse, les grands et les petits
se rencontrent dans un même empressement et une
même confiance. On se souvient que ce fut elle qui,
amenant les bateaux sur la Seine, approvisionna
Paris au temps de la famine ; elle surtout qui, dans
son instinct prophétique, démêla parmi les flots
des barbares ceux qui ne pouvaient que détruire et
ceux qui devaient féconder ; elle qui, par la puissance
de sa prière, repoussant les Huns, avec Attila, vers
l'Asie, fit rentrer les Francs, avec Clovis, dans le lit
du baptême et de la civilisation. C'est une fille des
champs qui a fait ces choses, mais ce n'était point
une barbare, et c'est justement qu'elle préside à
Paris aux destinées de la France et de la civilisation !

DEUXIÈME PARTIE. — Des éléments supérieurs de la civilisation.

Le R. P. Hyacinthe se propose d'établir trois choses : le fait d'une civilisation supérieure, la légitimité de cette civilisation, et enfin ses dangers.

I. *Fait de la civilisation supérieure.*

Les deux lois de la famille et de la prière sont les mêmes au sommet et à la base de la société, mais il n'en est pas ainsi de la loi du travail. Le travail n'est pas tout entier dans les mains. Un jour vient où, s'ouvrant les vastes champs de l'esprit, il cherche à les féconder à leur tour en y semant la science. La science, à ce degré où elle mérite le nom de science, n'est pas absolument nécessaire au genre humain ; s'il sait son âme et Dieu, l'amour et le devoir, le travail et la mort, le genre humain possède la réponse aux questions souveraines que lui posent sa pensée au-dedans et la vie au dehors. La science n'en est pas moins le luxe indispensable des grandes civilisations. Elle s'y développe dans deux directions principales, selon qu'elle est contemplative ou active.

La science contemplative, que n'a-t-elle pas embrassé de son regard? Elle a vu l'invisible, pesé l'impondérable, décomposé la molécule dans les laboratoires de la physique et de la chimie. Maîtresse du monde inorganique, elle conquiert

chaque jour par la physiologie le monde organisé ;
et tenant la vie même dans les flots du sang qu'elle
interroge et dirige à son gré, elle cherche à pénétrer ces secrets redoutables que jusqu'ici nous avions
portés en nous sans les sonder. Elle règne plus haut
encore : elle plane dans la région des âmes et s'appelle la philosophie, et au-dessus de l'âme elle étu-
die les idées qui l'éclairent, et au-dessus des idées,
Dieu qui les illumine... Oui, partir de l'atome,
remonter par le sang et par l'âme, par les idées et
par Dieu jusqu'au sommet des choses, et ne s'arrêter que là, comme l'aigle ébloui, dans son vol im-
mobile en fixant le soleil, c'est l'œuvre de la science !
Et moi, je pousserais des cris inconsolables, si l'humanité était privée de ces audaces sublimes et de
ces ivresses fécondes !

Ce n'est pas tout cependant ! La science est féconde, je viens de le dire, elle ne saurait demeurer
enfermée au sanctuaire de la contemplation,
comme une vierge dans sa calme et lumineuse
beauté. Elle se retourne donc vers l'activité de la
matière, elle épouse le travail productif et enfante
avec lui la puissance et la richesse. Aux mains de
l'ouvrier détourné des sillons, elle remet des instru-
ments et des méthodes qui tiennent du prodige, et
elle lui dit : Va maintenant, empare-toi du globe et
transforme-le ! Et comme dans ces guerres fou-
droyantes, conduites par le génie et servies par la

fortune, chaque jour est marqué par une victoire
éclatante : les découvertes se succèdent en se dépassant, et la science appliquée par l'industrie pousse
les sociétés, de triomphe en triomphe, vers un avenir qu'elles entrevoient à peine et qui les ravit en les
épouvantant !

Puis, sur les épaules robustes et nues de cette civilisation positive qui domine et exploite la matière,
voici que l'Art vient jeter un manteau royal et
constellé : toutes les splendeurs de la peinture, de la
statuaire, de l'architecture, toutes les harmonies de
la musique et de la poésie tombant du ciel, comme
une extase, sur le mouvement et le bruit du travail !

II. *Légitimité de la civilisation supérieure.*

Cette civilisation n'est pas seulement un fait, mais un droit
et un devoir : le droit de la royauté de l'homme sur la nature,
le devoir du lieutenant de Dieu dans la création. C'est l'accomplissement du commandement primitif : Croissez et multi-
pliez, remplissez la terre et soumettez-la à votre empire,
« *replete terram et subjicite eam* » [1].

Le R. P. Hyacinthe a remarqué que pour faciliter aux sociétés chrétiennes l'accomplissement de ce précepte, la divine Providence a développé dans leur sein la faculté de la
richesse et celle de l'abstraction dans des proportions tout à
fait inconnues des sociétés païennes.

La civilisation fondée sur le détachement et sur l'abné-

[1] Genèse, I, 28.

gation a réalisé les meilleures conditions de la fortune privée
et de la fortune publique; c'est par la recherche principale,
et en un sens exclusive, du royaume de Dieu et de sa justice,
que l'humanité a été conduite à la possession du monde :
quœrite primum regnum Dei et justitiam ejus et hœc omnia adji-
cientur vobis.

Quant à la faculté d'abstraire, qui est la créatrice de la science
proprement dite, elle est sans doute un apanage naturel de la
race européenne. Mais elle n'y a reçu son plein développement que sous l'action du christianisme. Quelle distance entre
la raison païenne et la raison chrétienne! entre le génie scien-
tifique de la Grèce antique, et celui des docteurs de l'Église
et des philosophes chrétiens!

III. *Dangers de la civilisation supérieure.*

L'expérience de tous les siècles ne le dit que trop, les sociétés sont facilement entraînées à abuser de la richesse et de
la science ; ou plutôt de tels abus sont inévitables en dehors
d'une réaction énergique et soutenue contre les effets du péché originel. De ces abus, lorsqu'ils se multiplient, résulte la
double corruption que le R. P. Hyacinthe a déjà signalée, et
qui nous envahit de plus en plus : la corruption des mœurs,
et celle de la raison elle-même.

Nous avons eu, en France, au commencement du
siècle, une grande école spiritualiste, qui malheureusement incomplète sur certains points, erronée
sur d'autres, n'en demeure pas moins l'honneur d'un
pays dont elle n'a pas su être le salut. Elle avait
refoulé dans le XVIIIᵉ siècle les doctrines matérialistes, ou simplement sensualistes, dont elle refusait
de continuer la tradition chétive et malsaine; et nul
alors ne pouvait en prévoir le retour si prochain.

Mais, victorieuse du matérialisme, héritière, en partie
du moins, de la tradition de Platon, elle crut pouvoir se passer de la révélation chrétienne. Elle mé-
connut les réalités de la vie morale et religieuse, et
abusant des idées comme d'autres avaient abusé des
faits, elle laissa après elle des disciples infidèles, peut-
être conséquents qui revinrent, par les voies mêmes
qu'elle leur avait ouvertes, à ce scepticisme et à ce
matérialisme, dont l'opprobre, à l'heure où je parle,
pèse plus lourdement que jamais sur l'esprit français. Affreuse barbarie intellectuelle, dont pour ma
part je rougis devant l'Europe, et plus encore devant
l'avenir, et contre laquelle je ne protesterai jamais
avec assez de fréquence et d'énergie ! Ce n'est plus
seulement le Verbe divin fait chair dont ils blasphè-
ment l'histoire et la doctrine ; c'est le Verbe humain
lui-même qu'ils veulent étouffer dans ces clartés
premières qui président à la raison des sages et au
bon sens des peuples. Dieu n'est plus un être personnel ; sous cette forme, il pouvait répondre aux
besoins des siècles passés : il est aujourd'hui une
idée de l'esprit, une loi du monde, une abstraction
enfin ! La liberté est une illusion de la conscience :
l'homme n'est pas libre, lors même qu'il se croit tel,
car il agit toujours sous la pression d'un mobile
fatal ! La distinction du bien et du mal varie avec les
individus comme avec les climats et les siècles : elle
tient à la diversité des aspects où peut se placer

notre esprit, et en définitive, elle n'est qu'un jeu
d'optique!...

Je m'arrête, Messieurs, devant ces pentes qui du
sommet de la civilisation peuvent entraîner une
nation, ou tout au moins les classes supérieures
d'une nation, dans une barbarie infiniment plus
profonde et plus irrémédiable que celle des peuples
simples et grossiers.

Oh! que j'aime mieux les paysans, et comme les
appelle la démocratie, dans son langage insultant et
superbe, les populations ignorantes de nos campa-
gnes! Je retourne vers eux, je vais leur demander
ce que rien ne remplace : le souffle divin du bon
sens et des bonnes mœurs!

De ces dangers effrayants de la civilisation supérieure, le R.
P. Hyacinthe tire une conclusion importante et peu méditée :
c'est que la religion est encore plus nécessaire aux riches qu'aux
pauvres, aux grands qu'au peuple.

La religion, d'ailleurs, n'est pas seulement le préservatif des
sociétés humaines dans leur état présent : elle est encore la
prophétie de leur état futur. L'homme est un être trop plein
de mystères pour dire son dernier mot ici-bas ; la civilisation répond à une idée trop grande pour se réaliser, sous sa
forme complète et absolue, ailleurs que dans la cité éternelle.
Cet état définitif des choses est celui que Cicéron pressentait
déjà : « La cité de ce monde est universelle, et doit renfermer
les dieux avec les hommes, *universus hic mundus una civitas
communis deorum atque hominum* [1]. » C'est celui surtout que les

---

[1] *De Legib.* I, VII.

prophètes ont contemplé sous l'image de la Jérusalem nouvelle, cité de Dieu qui commence sur la terre, mais ne s'a-
chève que dans le ciel : « Voici le tabernacle de Dieu avec les
hommes, et il habitera avec eux : et ils seront son peuple, et
Dieu lui-même au milieu d'eux sera leur Dieu : *ecce taber-
naculum Dei cum hominibus, et habitabit cum eis, et ipsi populus
ejus erunt, et ipse Deus cum eis erit eorum Deus* [1]. »

L'attente de cette vie suprême s'est exprimée dans
l'une des institutions les plus belles et les plus mé-
connues de l'Eglise catholique. Après avoir envisagé
la civilisation sous ses formes diverses, me sera-t-il
permis de dégager de ma chétive personne la subli-
mité de l'état religieux, et de saluer dans le véritable moine, non pas je ne sais quel fossile d'un passé
qui ne revivra plus, mais le précurseur le plus clair-
voyant et le plus hardi du dernier avenir ? C'est
l'homme qui, sans méconnaître ce qu'il y a de grand
dans le monde actuel, l'aimant au contraire et prenant cœur à tous ses intérêts, s'enthousiasme d'une
forme plus haute et encore absente, que la foi lui
rend comme sensible. Dépassant du regard les réalités les plus parfaites, et jusqu'aux utopies les plus
téméraires et les plus splendides, il semble montrer
un rivage invisible et dire à l'humanité toujours im-
patiente d'aborder avant le port : Plus loin ! plus
loin encore !

Dans la vie de saint Benoît écrite par saint Gré-

---

[1] Apoc. XXI, 3.

goire le Grand, historien digne de son héros, il est
rapporté qu'une nuit, devançant l'heure de ces
hymnes sacrés qui s'exhalent du cloître au milieu
du silence et de l'obscurité, l'homme de Dieu con-
templait le ciel par la fenêtre de sa cellule. Une lumière mystérieuse se fit à ses yeux et le monde entier fut amené devant lui et comme ramassé dans un
rayon de soleil. « Il le vit, dit l'inscription qu'on
lit encore aujourd'hui dans la tour qu'il habitait au
Mont-Cassin, il le vit et le dédaigna, *inspexit et despexit.* » Ce monde qui fut son œuvre, à lui, patriarche des moines d'Occident, et, si je l'ose dire, patriarche aussi de la civilisation européenne, quand
il le regarda au-dessus des obscurités du temps, dans
la clarté du soleil éternel, il le trouva petit et mé-
prisable !

Faisons comme lui, Messieurs, et sur le point de
nous séparer pour une année encore, promettons-
nous de travailler avec plus d'intelligence et de dévouement que jamais à l'œuvre de la civilisation en
Europe, et avant tout en France. Usons-y nos forces,
dépensons-y nos jours et nos nuits ! Mais à mesure
que nous ferons cette œuvre, regardons-la plus haut
qu'elle-même et que nous, dans le rayon divin de
l'avenir : *Inspexit et despexit !* Aimons-la, parce
qu'elle prépare cet avenir; dédaignons-la, parce
qu'il la dépassera !

Après la Conférence du R. P. Hyacinthe. S. G. Monseigneur DARBOY, archevêque de Paris, se lève et s'exprime en ces termes :

Je ne voudrais pas retenir plus longtemps cette noble assemblée, et cependant je désire qu'elle ne se sépare pas avant que je l'aie remerciée des sympathies dont elle a bien voulu entourer l'éloquent conférencier de Notre-Dame et des sentiments religieux dont elle a donné le témoignage à tout Paris et à toute la France.

Je crois vous interpréter aussi, Messieurs, en remerciant l'éminent prédicateur du zèle apostolique qu'il a porté dans cette chaire et des leçons élevées qu'il en a fait descendre.

Le sujet qu'il a traité est étendu, complexe ; il est d'autant plus difficile qu'il s'y mêle forcément des opinions et que tout n'y est pas à l'état de doctrine défini par l'autorité ; mais vous rendrez cette justice à l'orateur qu'en exposant et discutant les systèmes, il s'est constamment montré plein d'égards pour les personnes, comme le voulaient d'ailleurs son caractère bien connu et sa charité sacerdotale.

Quoi qu'il en soit de tel ou tel détail, une chose essentielle et frappante se dégage de tout ce que nous avons entendu et particulièrement de cette dernière Conférence : c'est que la société vit de croyance, de morale, de respect et de dévouement. Telle est, si

je ne me trompe, la conclusion pratique à laquelle
le prédicateur a voulu nous amener.

La société se compose de certains éléments pri-
mordiaux, puissants, irréductibles, vraiment divins
dans leur origine et dans leur énergie. Ils se nomment l'autorité et la liberté, le pouvoir et l'obéissance, le devoir et l'intérêt, le droit et la force. Ils
sont dans le monde avant vous, et ils y resteront
après vous. Si vous parveniez à les chasser par un
côté des affaires humaines, ils apparaîtraient de
l'autre en vous menaçant de leur éternité. Tout
ce que vous pouvez faire, c'est de les déplacer, de les
combiner dans des proportions plus ou moins heureuses, mais toujours variables.

De ces combinaisons, causes ou résultats des révolutions et des guerres, naissent les formes diverses des gouvernements, les institutions et les lois qui,
du haut en bas de la société, déterminent les droits
et les devoirs, réglent l'activité et sauvegardent les
intérêts tant particuliers que généraux. Elles donne-
raient satisfaction aux justes exigences de tous et de
chacun si, se tenant à égale distance d'une autorité
trop absolue et d'une liberté trop indépendante, elles
pouvaient établir le règne et l'action tempérée de
l'une et de l'autre dans la pondération et la mesure :
Nec totam servitutem, nec totam libertatem, disait
un ancien.

Mais il n'est guère possible que ces combinaisons

heureuses soient pleinement réalisées ou durent
longtemps; il y a de cela deux raisons : la première, c'est l'humaine imperfection à laquelle les
événements se chargent de donner des leçons, mais
qu'ils ne corrigent pas : *Vitia erunt, donec homines,*
disait encore le même grand esprit. Et en effet, naturellement, avec son orgueil, l'homme n'aime pas
tout ce qui a mission de le régler et de le contenir.
De plus, dans son âpre avidité, il endure difficile-
ment qu'on réprime en lui la passion des jouissances
matérielles et les tendances d'un égoïsme subversif.
Pas de dépendance, nulle contrainte! voilà son
cri. Chacun travaillant de la sorte à son émancipation personnelle, tous parlent de leurs droits,
nul ne veut parler de ses devoirs. En un mot, le caprice est la règle et l'intérêt fait loi. Tel est le premier obstacle.

Le second obstacle qui contrarie le jeu des institutions et trouble la paix sociale, c'est que, pour
les peuples comme pour les individus, la vie est une
création continuée, un perpétuel devenir. Tout ce
qui tombe dans le temps est soumis à la loi du
temps, qui est la vicissitude et le changement. Rien
ni personne ne peut s'y dérober. Les transformations
étant donc inévitables, il importe de modifier avec
intention, avec une autorité intelligente et ferme,
ce qui se modifierait sans dessein au gré d'une liberté aveugle et passionnée.

Mais c'est là que les choses nous attendent, c'est
là que se manifestent l'impuissance et la vanité de
la sagesse humaine ; elle ne sait pas apprécier exac-
tement le degré d'intensité qu'elle doit donner ou
laisser prendre à l'autorité et à la liberté, à la force
d'impulsion et à la résistance, car si quelques esprits chétifs et pervers suffisent à déchaîner l'une,
peu de génies sont capables de gouverner l'autre
avec cette juste mesure qui produit la paix durable
et la prospérité des empires.

Toutefois, et c'est ici que revient la conclusion
pratique de notre cher prédicateur, il y a dans le
monde un réformateur des vices, un modérateur des
forces sociales, un principe dont l'action, si elle
était plus générale, rendrait moins fréquentes et
moins graves les conséquences d'un douloureux antagonisme entre les éléments divers qui s'agitent
au sein des États. Ce principe, ce n'est ni une forme
de gouvernement, ni des mesures économiques, ni
un ensemble de lois, ni un drapeau plus ou moins
vieux ou illustre : c'est le sens moral, c'est l'esprit
religieux, c'est la vertu.

Les plus grands maux des sociétés viennent du
dedans : les lois civiles et la science humaine ne
peuvent les combattre que par le dehors. La religion
seule sait les attaquer et les vaincre dans leur source
profonde, et elle y arrive en répandant ses doctrines
qui donnent une base divine à tous les droits, un

caractère sacré à tous les devoirs, qui mettent toutes
les institutions sous la garde du respect. C'est en
même temps ce qu'il y a de plus sûr pour l'autorité
et de plus honorable pour la liberté. Où se trouve
le respect, il n'y a jamais trop de liberté ; où manque
le respect, il n'y a jamais assez d'autorité, car, à la
place du sens moral affaibli, la force se montre, elle
fait son œuvre, et c'est justice.

Laissez-moi donc, Messieurs, vous en prier :
travaillez tous, dans la mesure de vos forces, à
maintenir et à développer les croyances et les pratiques religieuses, et, par là même, les vertus pri-
vées et sociales qui font la grandeur morale de l'individu, la joie et la gloire des familles, la paix des
cités, la fortune des nations.

Jeunes gens, hommes faits, souvenez-vous de la
tendresse de votre mère, du dévouement de votre
père, que, pour eux, votre cœur reste toujours neuf
et plein des délicatesses de la piété filiale. Ayez l'esprit de discipline, l'amour du travail, le sentiment
du devoir ; portez avec conscience le fardeau de
votre responsabilité morale et soutenez vaillamment
les luttes austères de la vie.

Vous qui maniez la plume ou la parole, respectez,
dans toute âme honnête et pure, ce qui fait la dignité de votre mère et de vos sœurs, de votre femme
et de vos filles ; respectez en vous et dans les autres
ce qui est notre bien commun, la vérité, la justice,

le droit, la loi, l'honneur des personnes et des familles.

Vieillards qui, témoins et peut-être victimes des
révolutions, avez assisté à la chute de plusieurs
gouvernements, voyant bien ce que l'autorité y perd
sans voir aussi bien ce que la liberté y gagne, avant
de nous quitter, laissez-nous des conseils et des
exemples qui nous raffermissent dans le respect, le
patriotisme et la concorde.

O mon pays! vous qui êtes né à Tolbiac d'une
victoire et d'un acte de foi, vous que la religion et
la guerre, entrelaçant la croix et l'épée, ont porté
sur ce pavois royal et présenté aux peuples de la
jeune Europe comme leur chef, leur modèle et presque leur monarque ; vous qui avez parcouru l'univers et traversé quinze siècles avec les belles et
grandes qualités d'un soldat, avec le zèle d'un mis-
sionnaire, avec l'héroïsme d'une sœur de charité,
ô mon pays! gardez vos traditions chrétiennes et
restez fidèle à votre glorieux passé Que Dieu soit
avec vous dans la paix et dans la guerre! Dans la
guerre, quand elle ne pourra pas être évitée, et
alors, que chaque coup de votre glaive soit une
victoire, une de ces victoires dont vos rivaux se
souviennent encore mieux que vous! Que Dieu vous
assiste dans la paix et continue de donner à vos enfants toutes les prospérités désirables par une féconde alliance de l'autorité et de la liberté!

Puisse ainsi notre patrie terrestre, la France, bénie de Dieu, enviée des peuples, devenir, autant que la nature des choses le comporte, l'image et le prélude de cette patrie supérieure, divine, dont on vient de nous parler, et où nous aurons tous pour chef la vérité, pour loi la charité, pour mesure du temps et du bonheur l'éternité !

TABLE

Paris. — Imprimerie de E. DONNAUD, rue Cassette, 1.

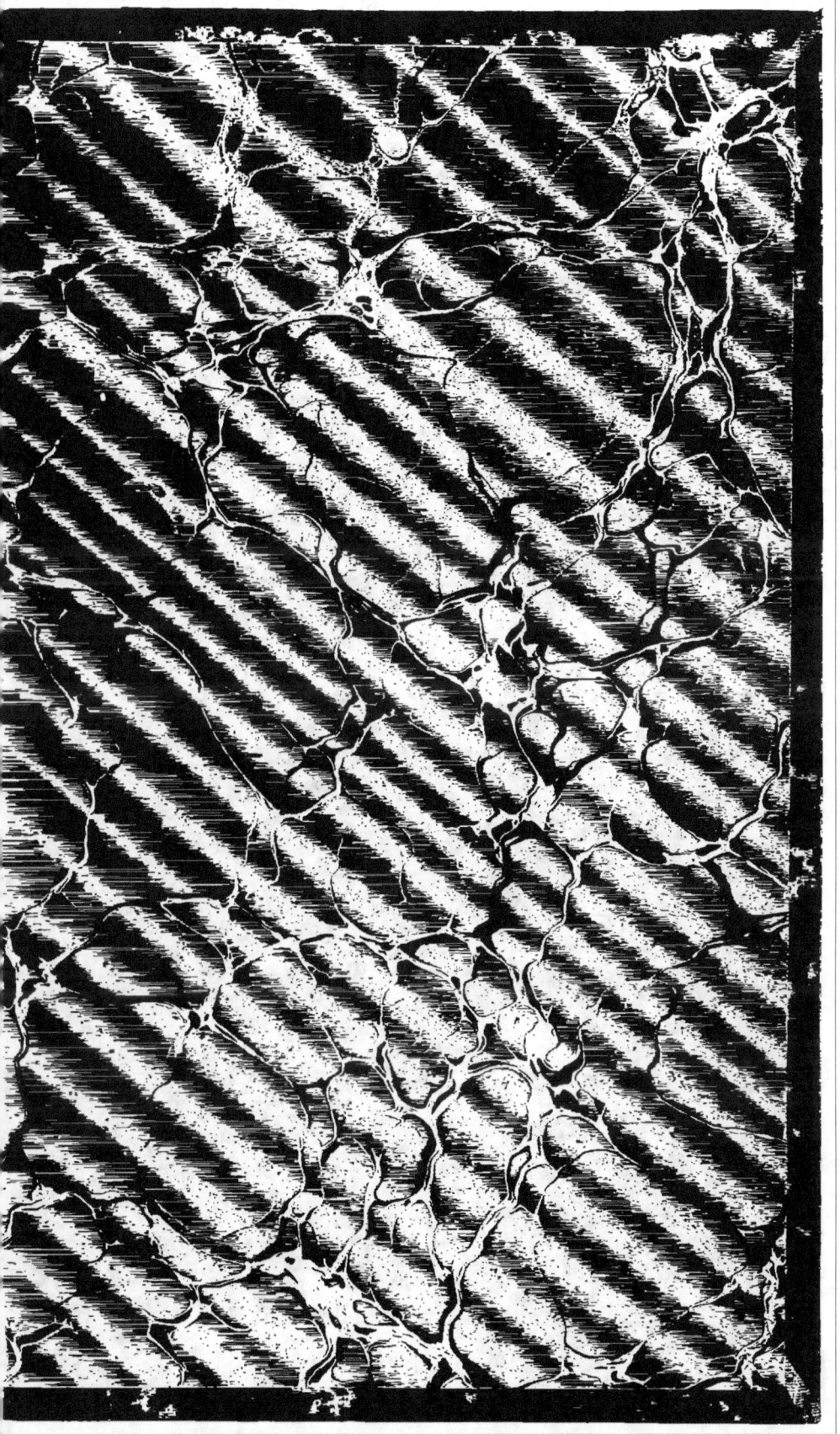

BIBLIOTHEQUE NATIONALE DE FRANCE

3 7531 04273223 1

www.ingramcontent.com/pod-product-compliance
Lightning Source LLC
Chambersburg PA
CBHW051149260626
47170CB00005B/2023